# 向上的心

周大新 著作

魏华莹 选编

中国出版集团
中译出版社

图书在版编目（CIP）数据

向上的心／周大新著；魏华莹选编. -- 北京：中译出版社，2021.6
（文学里的中国·当代经典书系）
ISBN 978-7-5001-6635-1

Ⅰ. ①向… Ⅱ. ①周… ②魏… Ⅲ. ①小说集－中国－当代 Ⅳ. ①I247

中国版本图书馆CIP数据核字(2021)第070621号

出版发行／中译出版社
地　　址／北京市西城区车公庄大街甲4号物华大厦6层
电　　话／（010）68359303，68359827（发行部），68358224（编辑部）
邮　　编／100044
传　　真／（010）68357870
电子邮箱／book@ctph.com.cn
网　　址／http://www.ctph.com.cn

出 版 人／乔卫兵
总 策 划／张高里　刘永淳
特邀策划／王红旗
策划编辑／范　伟　张孟桥
责任编辑／范　伟　张孟桥
文字编辑／张若琳　吕百灵　孙莳麦
营销编辑／曾　頔　郑　南
封面设计／柒拾叁号工作室

排　　版／柒拾叁号工作室
印　　刷／北京顶佳世纪印刷有限公司
经　　销／新华书店

规　　格／787mm×1092mm　1/32
印　　张／7.75
字　　数／120千字
版　　次／2021年6月第一版
印　　次／2021年6月第一次

---

ISBN 978-7-5001-6635-1　　定价：49.00元

作者
**周大新**

中国当代著名作家，河南邓州人。1970 年从军，1979 年开始发表作品。主要作品有长篇小说《走出盆地》《第二十幕》（上、中、下）《21 大厦》《战争传说》《湖光山色》《安魂》《曲终人在》《天黑得很慢》，中篇小说 《向上的台阶》《银饰》《旧世纪的疯癫》等，短篇小说 《汉家女》《金色的麦田》等，另有散文、剧本和报告文学作品共六百余万字。有作品被译成英文、法文、德文、韩文、捷克文。多部作品被改编为戏剧、电影和电视剧。曾获第七届茅盾文学奖、第三届人民文学奖、全国优秀短篇小说奖、冯牧文学奖、南丁文学奖等。2019 年 9 月，长篇小说《湖光山色》入选“新中国 70 年 70 部长篇小说典藏”。

选编者

**魏华莹**

中国人民大学文学博士，现任职于郑州大学文学院，副教授。主要从事当代文学与文化研究。曾在《文学评论》《文艺研究》《文艺争鸣》《学术月刊》《南方文坛》《小说评论》等刊物发表学术论文三十余篇，多篇被《中国现代、当代文学研究》杂志全文转载。

# 目录

# 导言

魏华莹

周大新是一位有社会责任与使命感的部队作家，他的小说创作题材广泛，具有一种独特的温暖诗意。从 1979 年发表《前方来信》至今其文学创作已逾四十载，以丰盈的创作实绩与社会影响力，见证了中国改革开放以来的当代文学史。他不仅关注家乡的发展现状、历史变迁，而且关注当代社会城市化进程中的诸多社会问题。以爱与温暖的人文关怀赋予文本丰富的内涵与鲜活的生命力。尤其是对乡村草根女性与部队女性在生命困境中，坚守“人性美善”、独立前行的形象塑造，更富有现代人格的精神魅力。

1952年，农历二月廿七日，周大新出生在河南省南阳地区邓县（今邓州市）构林周庄，一个世代为农的家庭。南阳盆地扼秦岭余脉，守丹水碧波，居豫陕鄂交界，人杰地灵。因是长子，他备受父母宠爱。记忆中的童年，虽有贫穷饥寒，但在空阔的平原田野上自由成长。他最早的文学启蒙，来自母亲、叔叔和乡间的说书艺人冯秀成。在夏夜的晚上，母亲常会指着天上的星星讲牛郎、织女和勺子星的故事，小鸟、羊等动物能说话的故事，以及周边村子里其他孩子勤劳孝顺的故事。在冬夜的牛棚中，听一位识字读过《红楼梦》《三国演义》《水浒传》《西游记》的远房叔叔讲名著中的故事。那一带村子里，最有名的大鼓说书艺人是冯秀成。冯秀成用他那张巧嘴和那柄鼓槌，把周大新带进了一个又一个神奇的故事中，以至于周大新常常忘了月亮、忘了星星、忘了夜风，完全沉浸在冯秀成所渲染的砍杀搏斗和悲欢离合中。

1970年，十八岁的周大新离开南阳，来到山东肥城当一名测地兵。在“文革”年代，高校停止招生，参军离开农村是无数青年的梦想。在莫言、阎连科的记述中，都可以看到逃离农村的欣喜之情。初入部队的周大新整天扛着三脚架、经纬仪，出没山乡僻野，之后被提拔成为连部的文书，开始阅读“内部书”。这一时期，他读了《论语》《聊斋志异》《老残游记》等中国古典文学作品，同时读到列夫·托尔斯泰的《安娜·卡列尼娜》和《战争与和平》，托尔斯泰的博爱思想对周大新影响非常大。埃尔默·莫德曾经说过：“在许多国家，许多人因托尔斯泰而改变了他们的世界观。”年轻的周大新亦是如此，爱这个世界、爱所有的人的观点一直深植在他的心底和文学创作中。

处女作短篇小说《前方来信》在《济南日报》（1979年3月）副刊发表。该故事取材于对越南自卫反击战。当时一些战友去参战，收到来信后，也启发了周大新创作小说。作品发表之后，周大新特别高兴，把收到的几十块钱稿费都买东西给朋友们吃了。这篇文章也让他信心大增，开始不停地写文章。

1982年年底，周大新考入解放军西安政治学院读书。读书期间，他迷上了写作。短篇小说《黄埔五期》《街路一里长》和中篇小说《军界谋士》就是这一时期写出来的。这一时期，他开始系统地读史书。在1840年之后的中国史书中，看到了失败、低头、反抗的不同循环，意识到在民族精神的内核中，韧性的作用。

作为专业作家，故乡无疑是周大新重要的写作资源，他始终保持着对家乡的关注和热爱。在他的笔下，家乡的一草一木都温暖有爱。比如《地上有草》中："我的家乡，便是一个生产草的地方。一到春天，便都是绿生生的草了。葛麻草、蒿草、茅草、黄备草、刺脚茅草、毛眼睛草、龙须草、狗尾巴草等，应有尽有。""可能就是因为这些经历，我对草怀有很深的感情。不论什么时候看见草，都会有一种温暖和亲切的东西从心里涌出来，都想伸手去触摸它们；如果是看见一块草地，就总想在上边坐一会儿。"还有家乡的吃食，蒸槐花、烙油馍、羊肉萝卜汤，以及家乡的小曲、儿时的故事等，都让他回味那遥远的家乡味道。

短篇小说《汉家女》，以二十世纪五六十年代战场军地医院为背景，讲述了汉家女从军、升任护士长到赶往战地医院救治伤员牺牲中，生活、情感、心灵、观念以及命运的变迁。周大新写《汉家女》，就是想写出一个能代表中华民族美德的女性，所以让她姓汉。该文获中国作协1985—1986年度全国短篇小说奖，被改编为同名电视剧，获1988年第九届全国优秀电视剧"飞天奖"。

中篇小说《香魂塘畔的香油坊》，后被翻译成英文、法文，并被改编为电影《香魂女》，荣获第四十三届柏林电影节金熊奖。小说被收入美国出版的《世界优秀小说》一书中。作品中的女主角郜二嫂幼年家贫，七岁被卖做了童养媳。十三岁被迫圆房，嫁给瘸腿的酒鬼丈夫。在家庭中，她仅仅是一部赚钱的机器和供人泄欲的工具，只有在与情人幽会时，才有少许的快乐。她精明能干，在改革大潮中，把一座位于偏僻地的小香油坊经营得遐迩闻名。然而，在自己遭受不幸的同时，她利用金钱的力量又亲手制造了另一桩悲剧，为自己智力不全的儿子买来一个贤惠漂亮的媳妇。这个媳妇叫环环，她善良、文静、勤快，也是个不幸又可悲的人物，为帮助父母还清欠款，成了这桩愚昧、荒谬的婚事的牺牲品。在周大新看来，婚姻悲剧是人的生存困境的一种表现。中国的婚姻悲剧，一部分来自社会，一部分来自当事者。他自己写这些婚姻悲剧的原因，是想引起人们对赖以生存的社会环境的关注、审察和思考，以及引起婚姻悲剧当事者对自己性格和行为的自审。

长篇小说《走出盆地》，讲述邹艾作为一个世代生活在南阳盆地的农家女，为了追求美好生活的挣扎、奋斗史，虽然付出了巨大代价，且屡屡受挫，但她始终没有气馁，更没有屈服于命运的故事。这本书描写的是一个女人的奋斗史。

三卷本长篇小说《第二十幕》，作为周大新历经十年创作的百万字巨著，是他为家乡南阳勾画的20世纪史，更是一部优秀的地方志小说，也被认为是20世纪中国的史诗。作品通过尚家五代人为追寻实现丝织传家的家族梦想而坚忍奋斗的故事，既是民族资本主义的兴衰史，也是具有广泛背景和文化内涵的社会史和风俗画，展示出古老民族在现代化进程中痛苦和艰难的嬗变轨迹。在这部书中，他把自己对人生、社会、大自然和对南阳土地的认识、感受都写出来了。周大新想，以后的人们在回忆20世纪中国人生存状态的时候，想了解中原地域人们的生活，都可以拿它作为一个标本。自己写的是南阳人，表现的是中国人，想通过对这个地域里人们的生存状态的表现，展现中华民族在20世纪的命运遭际。《第二十幕》后获第四届国家图书奖提名奖，第三届人民文学奖，第四届全军新作品奖一等奖。

长篇小说《21大厦》的问世，显示出周大新对城市化问题的关注。周大新当时住在万寿路，附近有几座大厦，最早的大厦是公主坟的城乡大厦，该书以此为原型书写。想通过一个大厦，去写21世纪初期，中国城市人生活的真实境况和他们的精神状态，同时把北京城各个阶层的生活情景都在一个大厦中表现出来。作品主要描写了一个从豫陕鄂交界处的小伙子在大厦当保安，通过他的眼睛来看大厦中各种各样的人。有一掷千金的大款，有暴发户和他的情妇们，有靠智力一夜暴富、却始终找不到感情归宿最终迷失的银领，也有工于心计、靠出卖灵肉达到报复人生、得到权欲目的的女人。一座大厦，如同一个小小社会，将美丑善恶、人在权欲金钱面前的复杂心态集中展示出来。

长篇小说《湖光山色》分“乾卷”和“坤卷”，借用阴阳五行的“水、木、火、金、土”作为结构。通过楚暖暖和旷开田从贫穷到富裕的经历，讲述了一个关于人类欲望的寓言。作品关注的是当代农村经历的巨大变化，在城市资本向农村流动的过程中，一些乡亲失去了方向，既有正面的变化，也有许多问题。身为作家，周大新想把这种景况写出来。该作品后获第七届茅盾文学奖，颁奖词为:《湖光山色》深情关注着我国当代农村经历的巨大变革，关注着当代农民物质生活与情感心灵的渴望与期待。在广博深厚的民族文化背景下，通过作品主人公的命运沉浮，来探求我们民族的精神底蕴，这是《湖光山色》引人注目的特色与亮点。

长篇小说《预警》的写作灵感来自于周大新所在军队

发生的事件。他用近两年的时间写作《预警》，写当下的军队生活，军人被恐怖分子设计暗算的故事。生活在和平年代，很多战友可能还没有意识到，反恐怖、反间谍已经成为不得不面对的问题。作品更多写人的命运的不确定性，以及警示民族对未来不能盲目乐观,灾难其实离我们很近，近到随时可能毁掉我们。

长篇小说《安魂》的写作源于对儿子的思念。2008 年 8 月 3 日，周大新的独子周宁在忍受了三年病痛折磨之后去世了。老来丧子的痛苦让周大新在很长一段时间内什么事也无心干，也干不成，常常一个人坐在书桌前，眼望着窗外发呆。无论走到哪里，他都感到儿子就站在眼前。他意识到，若不把窝在心里的痛楚倾倒出来，可能无法再正常生活。于是，他萌生了写一部书的愿望，为儿子和自己带来安慰，也为其他失去儿女的父母提供一种支持、支撑。《安魂》是一部对话体小说，由两部分构成：上半部分是周大新回忆儿子周宁生前之成长，其中有作者对儿子无比深情的爱与记忆，也有作者对自我的无情的解剖甚至痛恨；下半部分则是儿子周宁进入天国之后父子的对话，以周宁的视线牵引出人类古今历史上的哲人思想与精神锻炼。小说呈现出周大新对儿子沉痛的思念，对人世深切的思考。

后被改编为同名电影。

长篇小说《曲终人在》以一个仿真纪实的结构，虚拟了二十六个被采访对象。以“非虚构”的方式，讲述了他们与欧阳万彤省长的交往或接触过程。小说讲述了艰难的执政环境，同时也讲述了入仕做官的复杂性，是一部书写大变革时代人间万象和世道人心的警世通言。周大新在谈自己创作《曲终人在》的经历时坦言对于当下文学的理解，在他看来，文学的功能肯定不是仅仅告诉读者发生了什么事。现在是个信息爆炸的时代，文学要光靠讲故事或者传达信息是无法得到读者的青睐的。文学还得通过叙事来传达一些精神层面的东西，要比新闻媒体或者自媒体多一些深层次的思考。文学还要有提供阅读审美的功能，要给读者美的享受。

《天黑得很慢》是中国首部关注老龄化社会的长篇小说，同时写出了生命的蓬勃与死亡、爱与疼惜。小说用“拟纪实”的方式，用万寿公园的黄昏纳凉活动安排全书结构。周一到周四，是养老机构、医疗保健机构、服务机构、健康专家的推介活动，周五到周日，是陪护员用亲身经历讲述陪护老人的故事。通过陪护员的观察，反映了中国老龄化社会的种种问题：养老、就医、再婚、儿女等，既写出了人到老年之后身体逐渐衰老，慢慢接近死亡的过程，也写出老年人精神上刻骨的孤独，同时，更写出了人间自有真情在。作品中，故事的主要发生地为“万寿公园”。周大新说，万寿公园的原型，是他家附近自己一天能去三四趟的玲珑公园。正如地坛孵化了史铁生那一片朦胧的温馨和寂寥以及他对生老病死的诸多慨叹，玲珑公园除了为周大新提供一个故事发生的舞台和素材收集的场所外，也更深层次地通过耳濡目染，在他心里发酵出一种关于衰老的沉郁的情绪，玲珑公园作为散落在城市中的一个小小的老年人集合之所，也折射出中国社会老龄化的诸多问题。

作家总是在处理文学与自身、与社会现实的关系，周大新的创作亦是如此。他从自己的生活经验出发，去思考诸多社会新现象。如家乡南阳在改革年代的变革与发展，他一直持续去探访和书写那里的人和事。写官场的《曲终人在》，没有将其按照社会的标签去书写，也没有陷入类型小说的套路，而是写出高官的人生与人性的复杂。作品并不回避腐败问题和现实矛盾，而是通过深入思考，将这位被世俗划为另类的人通过二十六次讲述进行立体建构，同时呼唤社会关注健康的心理状态以及正面的价值体系，进而使整个社会能够风清气正。

从他的作品中，我们也会发现改革开放以来的社会现实。如乡村在城市化进程中的诸多变化，既有传统道德与价值观的瓦解，如《湖光山色》中社会发展、金钱的取得与人性欲望的故事。也有进城之后的心灵裂变，如何面对光怪陆离的新世界，如《21 大厦》中小伙从南阳乡村走入北京的大厦之后，在农耕文化与现代都市文化反差下的蜕变与挣扎。还有进入老龄化社会之后，该怎么办的问题。包括《天黑得很慢》中老人面临的养老、就医、亲子关系，诸多已经凸显但并没有引起广泛社会关注的问题。

在写故乡的作品中，周大新喜欢用女性人物带动故事情节的发展。如《汉家女》中的汉家女，《香魂女》中的郜二嫂,《走出盆地》中的邹艾,《湖光山色》中的暖暖,《新市民》中的沫沫，等等。在中国当代作家中，擅长写女性的不少，但很多会在不经意间将女性沦为“不自觉的人”，她们美好、善良，也总被时代、他人、环境裹挟着前行，直至迷失了自己。而在周大新笔下，我们会发现女性人物有着强烈的自我意识。她们虽处于弱势，却敢于和环境、命运抗争，虽然让人哀叹其遭遇，却也敬佩其力量。

周大新的写作始终与改革开放以来的社会发展、文学现实息息相关。默默耕耘四十余年中，他并没有强烈的口号宣言，坚持现实主义写作，朴素的文学表达，对真善美的追求，以及将爱与温暖奉献给读者，始终捍卫文学的道德。对他来说，文学就是要通过叙事来传达精神层面的事物，要给读者提供美的感受。在长久的写作中，他能够克服人生的诸多困境，将爱和善意奉献给读者，使其通过作品中的人物和故事感受到温暖和力量，这也是文学写作的最大意义吧！

## 周大新创作谈：

20 世纪 80 年代中期，我去了南部边境战场，但不是作为战斗员，而是进行战地采访。当时接触了很多女军人，就是战场上的护士、护士长、医生、文工团员，还有机关的女干事、通信部门的女通信兵，接触以后听到了很多关于女兵的故事，当时很感动。尽管我觉得战场上女同志不多，但她们确实扮演了很重要的角色。我写《汉家女》，就是想写出一个能代表我们中华民族美德的女性，所以让她姓汉，就是告诉读者，这是汉族人的一个女儿。

短篇

# 汉家女

日影在一点一点地移。待检的新兵排了队，准备工作已经做好。于是，接兵的副连长宗立山，便伏在桌前，带一缕困意缓缓地翻着一摞体检表。这时，一个农家姑娘走进来，拍了拍他的肩。他以为又是哪个待检新兵的姐姐来提什么要求，就起了身，随她走。他被领进体检站旁边的一间空屋里，一迈过门槛，姑娘便把门无声地关了。

“找我有什么事？”他的声音颇为矜持。

“听着！”姑娘喘着粗气，“俺要当兵！俺晓得你们要接六个女兵。你不要摇头。俺家无权无钱，不能送你们东西，也不能请你们吃饭。可你必须把俺接去，你们既然能把公社张副书记的那个近视眼姑娘接走，就一定也能把俺接走！俺不想在家拾柴、烧锅、挖地了，俺吃够黑馍了！你现在就要答应把俺接走！你只要敢说个不字，俺立时就张口大喊，说你对俺动手动脚。俺晓得，你们当兵的总唱‘不准调戏妇女’。你看咋着办？是把俺接走还是不要名声？！”

副连长的那点矜持早被吓跑了，眼瞪得极大；白嫩的脸一会儿红，一会儿青，一会儿白；两脚也不由自主地收拢，竟成了立正姿势。屋里静极，远处的狗叫从玻璃缝里钻进来，一声一声的。不知道过了多久，他才张了口，微弱嘶哑地问：“你，叫……什么，名？”

“小名三女子，大名汉家女！”

这幕情景，发生在豫西南榆林公社的新兵体检站。时间是十六年前。

汉家女就这样当了兵。

刷痰盂，擦地板，揉棉球，给病号送饭，放下拖布抓扫帚，还总一溜烟儿地追着队长问：“有啥活？”老队长慈爱地笑笑：“没了，歇歇。”“累不着，送三天病号饭，顶不上在家锄半垧地。吃的又是白馍。”

人勤快了还是惹人喜欢。当兵第三年，她提了护士。领到的工资多了，除了给娘寄，也买件花衬衣，悄悄地在宿舍里穿上，对着镜子照。少了太阳晒，脸也就慢慢地变白。早先平平的胸，也一天一天高起来，原先密且黑的头发，黑亮得愈加厉害。于是，过去不大理会她的那些年轻军官，目光就常常要往她身上移，个别胆大的，还常常走上前极亲切地问一句："汉护士，挺忙？""挺忙。"她嘟起丰润的唇，冷冷地答。于是，那军官就只好讪讪地走开。老队长见状，曾蔼然地对她说："家女，中意的，可以和人家在一块谈谈。"但她总是执拗地摇头。

却不料突然有一天，家女红了脸，找到老队长："队长，俺找了。""找了什么？"队长一时摸不着头脑。"是三营的，叫宗立山。"老队长于是明白了，于是就含了笑说："好！"

蜜月是在三营部度的。新婚之夜，客人们走后，家女推开丈夫伸过来的手，脸红红地说："讲实话，你当初在体检站把没把俺当坏姑娘？""没，没有！"丈夫慌忙摇头。家女这才把脸藏到丈夫的怀里，低而庄重地声明："除了你，没有一个男的挨过俺的身子！"

蜜月的日子过得真妙，但谁也料不到，就在蜜月的最后十天，家女会受个处分：行政警告！

处分来得有些太容易！那是一个早饭后，她在屋里打毛裤，听到隔壁七连长的妻子在哭，于是忙赶过去。一问才明白：有两个女儿的七连长的妻，还想再要一个儿子，就偷偷地怀了孕。风声走漏到团里，团里今天要派计划生育干事来“看看”她，怀了已经三个半月，一看自然要露马脚。女的于是就慌，就急，就哭：哭她的命苦，哭她家在农村，没男孩就没劳力。不一会儿就把家女诉得心有些软，哭得心有些酸。于是，家女便把手一挥：“没事！这个干事刚从师里调来，不认识你，也不认识我。你去我家坐着，我来应付他！”

她在蜜月里穿的是便衣，就那么往七连长家一坐。待那干事来时，她便迎上去，开口就说：“你是不是怀疑俺怀了孕来检查？你看俺像不像怀孕的？”边说边拍着下腹，一只手还装着去解衣服。那干事见状，慌慌地摆手：“没怀就算，没怀就算！”急急地退出屋去。这事儿自然很快就露了馅，第三天，她就得了个行政警告。

家女当时对这个处分倒没怎么在乎，笑着对女伴说：“俺也是好心。”一年之后，她丈夫调师里当参谋，她也提了护士长。料不到，后来调级时上级规定，受过处分的不调。要在平时，家女也许就罢了，可当时，她本打算和丈夫一块转业回河南宛城。这一级不调，一到地方，亏就要永远吃下去。她于是就吵，就闹，但级别到底没调。一怒之下，她下了决心：先让丈夫转业回宛城，自己把级别争到手了再走。

也真是巧，就在她决定不转业的两个月之后，上边突然来了命令：全师去滇南参战！

那晚的月亮真圆。丈夫刚从宛城回来看她，一家三口正围桌吃饭，邻居刘参谋的妻子变脸失色地冲进来："听说了没？部队要去打仗了！"家女听到这话，惊得好久都没把口中的筷子放下。丈夫急急地催她："还不快去问清楚！要是真的，就要求留守，我已经转业到地方，你一个人带个孩子咋去打仗？"她愣了一霎，就拉了儿子星星的手，慢慢地向医院走。

见了院长，她刚说一句："院长，俺星他爸转业了，星儿又正学汉语拼音，离不开我……"院长就打断了她的话："我这会儿可没心听你说儿子学拼音，马上去通知你们科的人来开会。部队要打仗，你得把孩子交给他爸带回宛城去！”她顿时无语，就又拉了孩子回去。

进屋看到丈夫那询问的目光，她就叹了一口气：“罢了，该咱轮上，就去吧。这会儿要求照顾，说不出口，日后脸也没地方搁……”稍顿，又望了丈夫说，“我去了之后，有一条你要记住，你到地方工作，女的多，要少跟人家缠缠扯扯。给你说，俺的身子是你的，你的身子也是俺的，你要是敢跟哪个女的胡来，老子回来非拿刀跟你拼了不可！”

部队上了阵地不久，就爆发了一场挺激烈的战斗。伤员们不断地被送进师医院，断腿的、气胸的、没胳膊的，啥样的都有。这情景先是骇得家女瞪大了眼，紧接着，伤员还没哭，她倒先呜呜地哭起来，边哭边护理，边护理边骂：“日他妈，人心就这么狠哟！把好好的人打成这样，天理难容呀！让他们也不得好死！”一开始她在骂敌人，后来，见伤员越来越多，她便骂走了口：“不是自己的娃，不知道心疼是不是？人都伤成这了，还不快点抬下来！日他妈！……”这些骂声刚好被来看伤员的一个副政委听到，副政委气了个脸色煞白，立时就朝她训起来：“你在胡骂什么？你还知不知道这是战场？听着！马上给我写检讨！不然，小心处置你！”她被这顿训斥吓得有些呆。但当天晚上，她一边写着检查，一边挺不满地嘟囔："哼！为几句话，就训这么厉害？"

这场激战结束不久，后方就送来了不少慰问品，其中有一批男式背心和裤头。那天中午，男同志们排队领背心和裤头，家女竟也毫不犹豫地挤进了队。男同志们见状，就笑，就问道："你来干啥？"她理直气壮地答："领背心和裤头！""这是发给男兵的，你能穿吗？"男兵们笑声更高。"凭什么只发给男兵？你没看那背心上印着'献给南疆卫士'吗？咋？就你们是卫士，老子不是？我不能穿，晚点我儿子长大了给他穿！"领上东西回宿舍，几个女伴埋怨她不该去。她听后就很生气："咋？背心裤头，在商店里买得三四块钱哩。凭啥只让他们男的沾光，不许咱沾？"女伴们直被她驳得哑口无言……

这之后，部队又打了一场恶仗。后方的亲属们便有些慌，接到前边亲人的信，也怀疑是别人模仿笔迹代写的。院领导就让每人都对着录音机向亲人说番话，再把磁带寄回去。

大家都觉得这主意好，于是就轮流在院部的那台录音机前，向亲人说了一磁带的话。轮到家女录音时，她把录音机拎到附近一个防炮洞里，谁也不让听到。助理员觉得好奇，收齐录音带准备去寄之前，悄悄地把家女的磁带放进录音机里听。这一听，使他又好笑又难受了几天。原来，那磁带上录的是：星儿爸、星儿，你们可好？星儿胖了没？长高了多少？想我不想？平日闹人不闹？汉语拼音学得咋样？会不会拼出爸妈的名字？夜里睡觉前没吃糖吧？牙没有再疼吗？夜里撒尿知道喊爸爸拉开灯吧？这一段时间尿床了没有？早饭你爸都让你吃些啥？给你订牛奶了没？晌午饭能不能吃下一个馍？我去年给你买的那双皮鞋还能穿吧？你的裤头穿上小不小了？勒不勒屁股？你要觉着小了，就让你爸再给买一个！平日上街时要小心汽车！头发记着一个月理一回，理成平头就行！别玩弹弓，小心崩了眼睛！写字时看画书时记着头抬高一点！妈在这里很好，就是想你，(带了哭音)想得很！妈恨不得这会儿就回去看你，可是不行，仗还没打完，待一打完妈就回去看你。你好好在家，听爸爸的话。好了，星儿，你出去玩吧，妈和你爸说几句话。星儿爸，下边的话你一个人听，让星儿出去。(停顿)星儿爸，你说心里话，想我不？你要是不想我你可是坏了良心！我可是想你！除了刚来那几天和打仗紧张时不想你，剩下的日子哪个夜里都想，每个月的下旬想得特别厉害。告诉你，不知道是因为这里气候的关系，还是因为我护理伤员太累了，反正这两三个月的例假总是往后推，已经推到下旬了，而且量少了，有时候颜色也不大对劲。不过你不要挂心，我会吃药的。我守着医院，没事的。你最近的身体咋样？胃病犯了没有？记着少吃辣椒，少吸烟，书也少看点儿，把身体养好！彩电买了没有？告诉你，我们这里吃饭不要钱，我的工资基本上都攒着，回去时差不多够买个电冰箱。日他妈，咱们以后也洋气洋气，过他几天排场日子。你现在就开始为我在宛城联系工作单位。我想部队一撤回去就转业，咱不要那一级了。我这会儿想开了，人家好多人的命都留在这里了，咱还去要啥级别？日他妈，亏就亏一点，只要咱一家人在一起就行了。最后还有一件事。我原想不说的，想想还是说给你。就是你现在宛城宿舍的隔壁，那家的女人好像不地道，两眼总在往你身上瞅。她男的在外地工作，你记着要少跟她说话，晚上不要去她家串门。我再说一遍，你要是胆敢跟哪个女人胡来，老子回去非拿刀杀了你们不可！你要把我这话记到心里……

仗，接二连三地打，医院也就紧紧张张地忙。家女身为护士长，自然忙得更厉害。看着那些血肉模糊的伤员，她常常流着泪给他们洗脚、擦身、喂饭、端大小便。有些伤员一点不能动，牙都不能刷，嘴老觉着没味。她就用棉球蘸了盐水，一颗牙一颗牙地给他们擦。累极了，她就倚墙坐在地上，垂了头睡。室内的伤员见状，便都涌出了泪，哽咽着喊一声：“护士长，地下湿，快回去睡！”她吃力地睁开眼，笑笑，挣起身，晃晃地又去忙。听说医院要评功，十几个拄拐的伤员，就撞进院长的屋里叫：“不给汉护士长记功，我们反了！”

一个报社记者听说她精心护理伤员的事迹，以为可抓住一个大典型，便兴冲冲地找她采访：“护士长，你先谈谈来前线有些什么感想？”她默思片刻，极郑重地答：“这地方拾柴可真方便！”记者有些发呆：“什么拾柴？”“你看，这满山的树和草，都能当柴烧锅。可在俺河南老家，拾一筐柴真不容易。俺小时候常拾不满筐，总挨娘的打。要是这儿离俺老家近，俺真想在这里拾两车柴！”

危重伤员转走后，家女好不容易得个空闲，便到附近镇上买东西。才进大街，忽听邮局门口有人在哭。原来，一个战士的妈妈从后方给他寄来五斤熟花生米，包裹单早收到了，来邮局领几次都回说没有。今日那战士无意中发现，邮局女职工的孩子拎着玩的一个布袋，正是妈妈寄花生米的包裹袋。于是那战士就来论理，就委屈地蹲在那里抽泣。家女一听，这还了得！三下两下拨开众人，冲着那女职工就骂开了："好你个没脸的东西！人家在前边打仗，老妈妈几千里寄点花生米，你还把它吃下去，你还有没有良心？你不怕吃下去烂了肠子烂了肺？不怕再不会生孩子？……"

街上人越围越多，丢花生的战士早走了，她却从邮局吵到镇政府，东西也忘了买，回到宿舍还生了半天闷气。直到傍晚，院长通知女兵们收拾一下，准备第二天参加誓师会，给即将出击的突击队员敬酒时，她才算把这事丢开。

那天傍晚，破例地雨止雾消。于是，天就很蓝，西天霞映过来，树叶便很红。一个女伴就讲，天哟，这些日子咱们只顾忙，身子总没擦，内衣也没换，身上都有味儿了。明日给出征的突击队员们敬酒，叫人家心里骂：都是些脏女人！咱们是不是弄点水洗洗？于是，便分工，哪几个抬水，哪几个烧水，哪几个用雨衣遮门窗。水烧好后，天也就黑了。一人一桶，轮流到木板房里洗。

家女是最后一个洗的。进了屋脱了衣服，她就在那里看自己的身子，估量着是胖了还是瘦了。自从那次丈夫附了她耳说：我特别喜欢你的丰满！她便暗暗地希望自己胖上去。刚洗了几把，忽觉一丝风吹来，抬头一看，发现窗户上遮着的雨衣被掀了一条缝，缝里露出了一双眼睛。好个狗东西！家女只觉得气涌上心，呼地拿起旁边的一件雨衣穿上，猛地拉开门冲了出去。窗外那男的刚要扭头跑开，被她赶上，抓住耳朵，啪啪打了两个耳光。男的慌慌地挣脱逃走，但家女已认出：是七连二班长！狗东西！家女怕招人来，不敢高声骂，只好跺了脚在心里恨恨地咒："狗东西，叫鹰叼了你的眼！"熄灯前，她按惯例到病房巡视一周，回来开宿舍门时，忽见门底下塞着一封信，展开一看，竟是七连那个二班长写来的——

汉护士长：

求您原谅我！我本是去医院同老乡告别的，从那个房前过时，听到屋里有撩水声，便鬼迷心窍地把雨衣掀了个缝。我求您宽恕我，千万不要报告我们连长。我参加了出击拔点的突击队，明天喝罢出征酒就出发。您知道，突击队员能活着回来的很少。倘您报告了连长，那我死后，上级肯定不会再给我追记功了。一个无功的阵亡者，又落个坏名声，父母是很难得到政府照顾的，日子咋过呢？求您看在两个老人的分上，宽恕我吧！我当时也知道不该偷看您洗澡，可想想自己长到十九岁，临死还没见过女的身子是啥样，看一下也不枉活了一场，就忍不住了……

家女看着那张信纸，身子一动不动，怔怔地坐在那里。

第二天开誓师会敬出征酒时，她手抖着，捧了一杯酒走到二班长身边，默默地把酒递到他的面前。二班长惴惴地接过杯，手也在抖，一口喝下之后，就垂下了头。她低低地说了一句："散会后去我那里一趟！"二班长恐惧地抬起头，眼中露出了哀求。但这时她已转身，去给另外的战士敬酒。

会散了之后，二班长战战兢兢地推开了家女的宿舍门，他不知道怎样的惩罚要落到头上，但又不敢不来。

他进屋后，家女关上门，慢慢地朝他身边走。他慌慌地向后蹭着脚，以为巴掌立刻就要落到自己的脸上。却不料，家女突然伸臂把他揽到自己怀里，用颤抖的声音说："昨晚，我不该打你。现在，你可以亲我、抱我，来！"他在一瞬间的惊怔之后，忙惶恐地挣脱着自己的身子。这时，家女那带了泪水的脸已贴在了他的脸上。"嗵"的一声，二班长朝她跪了下去……

那场出击作战过后，天气愈见热了，阵地上烂裆的战士也就更多。家女和另外一位男兵坐一辆救护车，去给前沿送治烂裆的药物。那几天战场比较平静，原本没有危险的，可她坐的车竟在一个山道转弯处翻了。车在山坡上滚了三下，家女的头撞在了岩石上。

她死了。死在去前沿的路上，没有什么壮举，没有追记什么功。

女伴们收拾她的遗物时，发现了一封没写完的信。十二个女伴含泪传阅着——

星儿爸：

身子可好？你上封信说，给我联系转业单位时，需要向人家领导送点礼。也巧，昨天我去师机关办事时，见管理科正在分发后方慰问来的“大重九”烟。这烟一般只送给师首长和最前沿的战士吸，很少分到我们医院里。我趁他们没留意，就偷偷拿了两条。反正我也在前线，慰问前线的东西我偷拿一点没啥了不得的。过两天我把烟捎回去，你拿上送给人家领导。听说这是好烟，会吸烟的人都喜欢。

下一步，还要打大仗，我们医院要上前沿开设救护所。我在想，万一我有个意外，对你可有一个要求：不要给星儿找后妈，有后妈的儿子太可怜。我一想到星儿有个后妈，心里就怕得慌。哪怕等到星儿能独立生活时你再找也行。当然，我这只是说说，前线至今还没有死过一个女兵，领导不会让我们去很危险的地方。

另外，有一件事我想告诉你，半月前，我亲吻过另外一个男人，因为……

信没完。女伴们看过之后，一致决定：为了维护家女姐的声誉，为了小星儿和星儿爸，把这封信毁了。当那封信被火柴点着的时候，十二个已经结婚和将要结婚的女伴发誓：“谁要对外人泄露一句，让她的丈夫和孩子不得好死！”

# 名家点评

周大新的《汉家女》是一篇有新意、有特色的作品。它真实地描写了一个从农村入伍的女兵平凡的一生。形象生动，个性鲜明，读后使人感到质朴亲切，这是多年来描写女军人生活的文学作品中很少见的，具有独特的艺术魅力。

**《汉家女》电视剧导演　郑方南**

汉家女这一形象的最成功之处在于：平民化的品性在进入营区后没有被削减，而军营文化对她又有了熏染。她身上含有双重文化，这双重文化在不时的角力中相互依存。对于不同的事，她有不同的处理方法和原则，一切因事而定。生活中，她贪小便宜，耍小聪明，有着许多的小九九，是个极为世俗化的乡村女子。而她的军人身份成为主流时，她表现出的又是军人那样的豁达和无私，置身于生活之中，用我们在其中创造的生活的眼光看生活。周大新还原了英雄的平民化生活，也刻画了平民的英雄气质。汉家女是真正凡人与英雄的完美融合，是真正生活化的英雄，这与红色经典时的英雄形象大有区别。而当代军旅文学发展到今天，在我看来，也没有新的英雄形象比汉家女这一人物更有本质性突破。

**文学评论家，作家　北乔**

**周大新创作谈：**

在我们豫西南乡下，大多数女性都很善良勤劳，她们给我的印象非常深刻，所以，我在写作中，愿意把赞颂给予她们。我自己觉得，在男女两性中，女性从事的主要是建设性的工作，如哺育孩子、照顾老人病人、操持家务，她们心里的爱意要更多一些；而男性，从事的破坏性事情很多，酗酒打架、放火杀人、发动战争等，他们心中的破坏欲要更强一些。也因此，我总是让女性成为我作品中的主角，而且愿意把她们写得很美好。我希望这个世界安宁平静，希望人们互爱互助，在我的内心里，女性是安宁平静的代表。

## 中篇

# 香魂女

### 序一

香油，是我们南阳这地方有名的土特产。据史书记载，早在清朝光绪年间，香油就经汉口“邓帮商行”销往东南亚、日本和德国。在香油中，又以小磨香油最负盛名，如今每年销往京、津、沪三市和日美诸国的几百万斤香油，就是小磨香油。南阳的小磨香油出名，其一是因为此地的芝麻奇异。这地方属暖温带气候，土壤、水质中含有多种矿物质，芝麻籽粒饱满，千粒平均重达三克以上，油脂中富含人体必需的不饱和脂肪酸；而且部分芝麻籽粒形状很怪，其尖端歪向一方，出油率高达 57%。其二是因为榨制工艺独特。它先将芝麻炒到将煳未煳，而后用石磨磨成糊状，接着加水、搅拌，最后澄清、舀盛，原汁原味。

南阳榨制小磨香油的油坊、油厂很多，但你若想尝到小磨香油中的最精最优最上之品，则须出南阳城南行，问：香魂油坊在哪？会立刻有人指给你。

那原是郜家营郜二嫂私人开的一座油坊，两年前日本经营粮油的女商人新洋贞子来油坊参观后，自愿提出投资扩建，如今变成了中日合资经营，不过油坊的一应事务仍由郜二嫂主持。二嫂的大名叫银娥，很好听，只是她使用这名字的机会很少，村人多称她二嫂，连新洋贞子也对她这样叫。

## 序二

做香油和做啤酒一样，讲究水！

没有崂山矿泉水，青岛啤酒就不会享誉国际。同样，没有香魂塘里的水，郜二嫂的油坊也不会让那么多人着迷。

香魂塘里的水是有些奇！

这水塘坐落在郜家营村南，方形，百米宽窄，最深处不过一丈，然而即使是再大的旱年，塘水也不见稍减，据说塘底通着什么暗河。塘中夏日长满荷叶，花开时香裹全村，然水凉得怕人，很少有人愿下去摸藕，偶有人敢试，也是下水片刻便牙齿发颤嘴唇乌青地慌慌爬上来。塘水颇清，却无鱼无虾无鳖等生存，且喝到嘴里又有一股苦涩味，极像是放了种什么草药。村里的牛羊猪狗再渴，从不喜喝这塘里的水。可就是这塘水用来做小磨香油，特别好。会使油色橙黄微红，味甜润，入口清香醇爽。用这油来煎炸食品和调制凉拌菜肴，可去腥臊而生奇香，使人口生津液食欲大增；若用来配制中药，可滋阴清热解毒，壮精髓，润脾胃；若用来熬膏外敷，具有凉血、润燥、消肿、止痛、生肌等功效。

发现这塘水可做香油，据说是在宋朝，这水塘从那时起便起名叫香塘。又据说在乾隆年间的一个秋天，村人突然在一个早上发现，村东头拥有425亩土地的郜中雄的千金小姐和村西铁匠林家的小闺女同时投塘自尽，两姑娘时年都十七岁，死因一直无人能说清楚。于是从那以后，人们又在香字后面加了一个“魂”。

郜二嫂的香魂油坊就坐落在香魂塘畔，油坊大门面南，出门五十步即是塘岸。

两年前，新洋贞子之所以下决心给郜二嫂的香魂油坊投资，很大程度上也因了这香魂塘。那天，新洋贞子在仔细地品尝了香魂小磨香油之后，特意到香魂塘边用勺子舀了点塘水尝尝，然后又让随行的人带了一壶香魂塘水回去化验，化验后立即拍来电报：愿投资四十万美元扩建香魂油坊。至于新洋贞子的经历以及而后两家如何谈判，如何分配利润，如何外销产品，如何定下仍由郜二嫂主持经营等事，不是本文要介绍的内容，本文只说有关郜二嫂的一桩家事，那桩事开始于一个早晨……

## 一

六月的那个空气潮润东天洇红的清晨，郜二嫂像往常一样，一边扣着衬衣纽扣一边匆匆出院门向隔壁的油坊走去。每天的这个时辰，香魂油坊要开始它的第一道工序：炒芝麻。二嫂进去时，偌大的油坊炒棚里已是热气滚动白烟飞腾，三十八口铁锅里全已倒上了芝麻，锅灶里都已有火苗乱爬，每口铁锅前都站着一个短裤赤膊的男人，手拿一柄大铁铲在锅里翻炒。随着铲起铲落，先是有缕缕白色水汽蹿出锅沿，渐渐便有一股熟芝麻的香味开始在棚里飘溢。身着短袖衫的二嫂在那些铁锅前巡视，这口锅前叮嘱一句烧火的：火小点！那口锅前催促一下掌铲的：翻快点！炒芝麻是做香油的重要工序，炒得不够和炒得太过都会影响油的颜色和香味，所以每天的这个时辰，作为老板的二嫂不管因算账、筹划熬夜多乏，也决不睡懒觉，总要亲自到炒棚里巡看。天本来就热，三十八口铁锅散发出的热量聚起来更是怕人，尽管有散热器嗡嗡转动，但二嫂的衬衫很快便被汗水湿透，然而二嫂浑然不觉，她的心思全在芝麻上：要正到火候！昨日就有一锅炒得过煳，结果香味不正！正当她从一口锅内抓一把芝麻查看时，炒棚门口突然响起闺女芝儿的尖声急叫：“娘，娘！快，快来！”二嫂闻声一惊，女儿是她的心尖上的肉，她慌慌张张朝棚门口跑：“怎么了，芝儿？”十三岁的芝儿见娘出来，并不说话，上前拉了娘的手就往香魂塘边跑。“出什么事了？”二嫂心中越发慌，女儿仍不答，直到跑近塘岸，二嫂才明白女儿拉她来的原因：

二十二岁的儿子——那个因得了癫痫病智力不全的墩子，正站在塘水边上攥住一个洗菜姑娘的两只手腕，嘿嘿地傻笑着往自己身边拉。那姑娘恐骇至极地挣拒着，盛菜的竹筛子正缓缓向塘里漂。“墩子，放手！”二嫂一声断喝，惊得那墩子一个激灵，手松了，他扭头看定他娘，一丝口水在嘴角上极悠闲地晃荡。

“你想招打呀？还不快滚！”二嫂朝儿子斥道。但墩子不走，又歪头咧嘴笑盯着旁边双手捂脸仍在嘤嘤低泣的姑娘。直到二嫂扬起巴掌朝他肩上打了一下，他才扭头跳上塘岸跑开了。

“娘，环环姐和我同时来这塘边洗菜，我俩正边洗边说着话，哥拎个毛巾来洗脸了，他到塘边先是嬉皮笑脸地直盯着环环姐，后来就上来攥人家的手腕！”芝儿在一旁气咻咻地告状。

“哦，噢，”二嫂扶住那叫环环的姑娘，一边理顺她的头发，抻平她的衣襟，一边柔声劝慰：“好闺女，别哭，看我晚点儿打他给你出气！”过了好一阵，那环环才停止了抽泣。“芝儿，送送你环环姐！”二嫂支使道。芝儿急忙把环环盛菜的竹筛捞起，扶环环上了塘岸。看着芝儿同环环走远，二嫂才重重往塘岸上一坐，望望碧青碧青的塘水，长长叹了一口气：唉，这个儿子，可拿他怎么办？他是因为癫痫连续复发引起的智力下降，男女间的事看来也懂，以后说不定还会去惹别的姑娘，怎么办？二嫂望着空旷的塘岸，坐那里默想。这当儿，一阵喜庆的唢呐声忽由村东飘来，二嫂蓦然记起，今天是村长家娶儿媳妇，村里人都要去送贺礼，自家也该送一份去。唉，人家在为儿子高兴，我却在为儿子发愁，什么时候我也能——倏地，她脑中一亮：娶个儿媳！这些年她把心思全放在办油坊上，加上总以为墩子不懂事，给墩子娶媳妇的念头还一直没有动过。就是，只要给墩子说个媳妇，两人一结婚，事情不就结了？不仅不用再为类似今早上的事操心，也会有人照顾儿子的饮食起居，岂不两全其美？墩子智力上差一点，无非是多花几个钱罢了！花钱怕啥？

对，就娶一个和环环相貌年纪差不多的姑娘做儿媳！

就在这个早上，就在香魂塘边，二嫂娶儿媳的决心下了。

## 二

别看二嫂平日寡言少语不苟言笑，却是那种拿了主意就要按主意办的女人。她当初所以能办成油坊，且引得日本的新洋贞子自愿投资，也得益于这一点。她早上动了娶儿媳的念头，午后取水时，便向媒公五叔做了嘱咐。

每天的午后，是油坊去塘中取水的时候。这时，炒熟的芝麻已经磨成了芝麻糊糊，接下来的工序就是去塘里取水，然后把水用锅炉煮开，往芝麻糊糊里兑。按比例兑好之后，一沉淀，油便出了。因为是做油的水，来不得半点马虎，混不得一点脏东西，所以每天午后油坊的小型抽水机开始去塘中抽水时，二嫂总要拿一根细长竹竿，在竿头上绑一块白净纱布，站在塘岸上让纱布在取水处的塘水水面上轻拂，仔细拂走水面上漂着的浮萍、荷叶碎片、草屑和灰尘。郜二嫂这日就是正干这事时瞥见五叔拎一只水桶向塘边走来，便立时停了手中竹竿，急急喊住五叔，跑过去把要给墩子娶媳妇的事说了一遍。

一辈子在媒场上混的五叔，看到这个富得流油的油坊主人来求自己，自然高兴，就眯了眼，拈着下巴上的短须说道："放心，她二嫂，你交代的事儿我还能不办？你只管在屋里等，不出三天，我就领上姑娘到屋里让你相看！"

"五叔，事成之后，我不会亏着你！"二嫂知道对五叔该有个许诺。

"瞧你说到哪里去了？"五叔抑住欢喜急忙摆手，"墩子好歹是管我叫爷的，替他操心还不应该？"

五叔倒是说到做到，第三天接近晌午时，便领了一个长得标致漂亮的姑娘来到油坊门前。二嫂被从油坊里喊出，看见那姑娘，觉着貌相与村中的环环不相上下，十分入眼，就急忙把两人往自家的院子里让，进屋又忙不迭地倒茶让糖。姑娘的高挑身个和银盘圆脸让二嫂很是满意：能娶上这样的儿媳妇，也是郜家的幸运。但二嫂是那种办事三思而行、很有心计的女人，并不立刻在脸上露出什么，只淡淡地问些女方本人和家庭的情况。在得知姑娘高中毕业，父亲是柳镇上开茶馆的傅一延之后，二嫂心中生起一丝不安：姑娘这么好的条件，能会看上我的墩墩？是不是五叔向她隐瞒了墩儿的情况？得弄清她图的究竟是什么？于是便说："闺女，你既是来到我家，我就想把实话给你说了。俺墩儿其他方面都好，就是因为得过癫痫病，智力上略略低些——""这个我知道，"那姑娘立时把二嫂的话拦住："五爷爷已经都给我说了，我不在乎这个，智力上弱一点我可以照顾他！"二嫂听了这话，心中便已明白，这姑娘图的是钱，这倒使二嫂心安了不少。二嫂知道，一个女人跟一个男人成家，无非是四种情况：一个是图人，二个是图钱，三个是良心上舒展，四个是图自己事业上有个靠头。这姑娘既是知道了墩儿的真实情况还愿意，显然是图钱。图钱二嫂不怕，一样东西不图来当你儿媳妇的姑娘没有，只要她不是那种大手大脚能喝能赌能挥霍的人就行。接下来二嫂就又不动声色地开口：“我这墩儿平日好玩，我也并不指望他干活，你将来到家，怕要常陪他玩乐。不知你平日会哪些玩法，打牌？玩麻将？”“要说玩，不瞒你说，哪种玩法我都会！”姑娘听到二嫂这话，竟有些眉飞色舞起来，“光麻将，我就会五种打法！而且连打一天都行！”“输赢呢？一天能赢个多少？”二嫂脸上现出极感兴趣的笑容。“说不准，”姑娘身上原有的那点不多的拘束彻底消失，“有时一夜能赢个几十块钱。”语气中充满了自豪。

一丝冰冷的东西极快地在二嫂眼中一闪，但她脸上仍有笑容，她又同那姑娘说了一阵，便装作忽然想起什么似的站起身，笑对五叔说：“五叔，油坊那边有桩急事，我先去办办，你陪傅姑娘在这里坐，晌午在这儿吃饭。”长期做媒的五叔，自然听得出这是逐客令，他其实早听出傅姑娘语失何处，只是因为这是给精明的油坊老板说儿媳，他不敢巧语代姑娘掩饰，于是就也站起来含了笑说：“她二嫂你快去忙吧，我领傅姑娘去我家坐坐，我们改日再来。”可怜傅姑娘临出门还没看出二嫂的真实态度，还在娇声说：“我也能陪墩子下跳棋、象棋、军棋！而且我也爱学日语！”

二嫂努力让浮上眼中的鄙夷隐去……

三

二嫂原准备在晚饭时把要给儿子说媳妇的事讲给男人听。二嫂虽极不愿想起自己那个独腿丈夫，可娶儿媳是家中的一件大事，好歹他是做父亲的，应该让他知道。但直到她吃完晚饭，还不见男人郜二东的影子。二嫂估计他又在村中的祥凤酒馆里泡着听坠子书，便愤愤地扔下碗，去油坊里装油。每天晚上，香魂油坊都要把当日出的几千斤香油分装在各种型号的瓶子和塑料桶里，然后贴上商标，装入纸箱包好，好在第二日凌晨用汽车运走，这是油坊的最后一道工序。二嫂在油坊里和几个包装工足足干了两个小时，才拖着疲惫的身子往家走，进屋一看，仍不见男人郜二东，心里的火禁不住就蹿了上来，就忍不住咬牙骂了一句：“这个只知道玩的杂种！”“娘，你骂谁？”正给她端来一杯开水的女儿芝儿瞪了凤眼诧异地问。“哦，我骂那个偷懒的炒工。”

二嫂这才意识到自己的失态，慌忙掩饰道。待女儿去自己的睡屋睡下之后，二嫂扯一条毛巾拎手上去香魂塘擦身，边走边又恨恨地低声骂男人：“挨刀的，为什么还不快死？”

她恨！一想起男人就恨！

这恨自从她被郜家买来当童养媳时就生出了，一直积在心里。

二嫂现在还记得清清楚楚，那一年她才几岁！是一个春荒的头晌，妈把她从剜菜的地里喊回来，一把把她揽在怀里，声音颤着说：“闺女，家里没吃的了，不能让你和你弟弟妹妹们饿死，你爹和我想了个主意，送你去郜家营老郜家，给他家当童养媳。”这时候她看见了郜二东的父亲把一袋苞谷和一沓钱放到了桌上，她心中一喜：有吃的了！她记得她当时还问了一句：“啥叫童养媳？”妈说：“就是先给人家当闺女，长大了再当媳妇。”她虽没听懂后半句话，但前半句已够让她吃惊，她摇头叫：“不，我不去给人家当闺女！我给你们当闺女，我天天去地里剜菜，不会让弟弟妹妹们饿着……”她死死抱紧妈的脖子，但最后爹还是把她的手掰开，抱着她递到了郜二东的父亲怀里。她记得她在二东父亲怀里挣扎着哭叫，还照他的肩头咬了一口，一直哭喊到郜家营部二东家里，直到部二东的母亲过来抽她一个耳光，她才吓得噎住了哭声。部二东那阵竟也嬉笑着走过来，使劲地揪了一下她的头发叫：“哭啥？”对部二东的恨，就是从那时生了根。

这恨，在此后的日子里逐渐膨大、增加。部二东家富，她在这里可以吃饱，但每顿饭其实都有代价，她必须不停地在厨房、碾屋、牛棚干活，稍有一点儿不顺二东妈的心就有可能招来一顿打骂。幸亏时间不长就解放了，部二东家被划成了富农，这样一来她的地位起了根本变化，二东的爹妈怕再打骂会惹她像同村其他几个童养媳一样跑回老家，对她的态度也变为十分亲昵，闺女长闺女短地叫得如糖似蜜，时不时还额外关心地给她买这买那，使得她竟感动得忘记去探听“童养媳”三个字的含义。殊不知，这所有的关心其实都是为了那日子的来临！她十三岁的那年秋天的一个傍晚，二东妈拉过她悄声说：“闺女呀，如今咱这样人家办什么事都是不张扬为好，今晚就给你们把房圆了算了！”“圆什么房呀？”她茫然不解地问。二东妈眨眨眼睛，说：“待会儿你就知道了！”她饭后还去找邻院的女伴玩了一会儿，回自己的睡屋睡觉时，才意外地发现自己的床上铺了新的蓝印花床单，放了一床红色的洋布面新被子，正在她惊奇的当儿，二十岁的独腿二东拄着他的拐杖咔嗒咔嗒地走进房来，进房后大方地把门插上，而后径直向床边走。“你干什么？我要睡觉了，还不出去！”她生气地叫。她每每看见二东那条生下来就小得惊人的左腿便在心里生出一种害怕和厌恶。她已听村里人说这叫遗传病，郜家每一辈都有一个得这种怪病的人，二东他祖父辈是他三爷爷生下来两耳都无耳郭，到父辈是他大伯生下来右胳膊只有半截，轮到二东，生下来左腿短得只有几寸，且细小得惊人，只能单腿走路。二东当时听到她的话后只是轻轻一笑，说：“妈不是已经告诉你今晚咱俩圆房？”“圆什么房？”她有些惊疑。二东没有再用话语解释，而是把拐杖往床帮上一靠，伸手抱起她就往床上放。她惊骇无比地喊爹喊妈你们快来！她听见二东爹妈的脚步在门外响却并无人推门，她在床上挣扎反抗了许久，但结果是衣服差不多全被二东撕碎，随着那阵可怕的疼痛的到来，她心中对二东的恨达到了极点。

那天晚上，当二东舒服地放平身子睡熟之后，她曾拉开门向这香魂塘跑来，要不是二东妈尾随着赶来拖住了她，她就要跳进这水味苦涩的池塘。倘是那晚跳进这塘里死了，如今自己在哪里?

二嫂手拎着毛巾站在塘边默想，淡淡的月光将她的身影斜放在水上，不大的夜风把水面叠出许多微波，使水中的月亮也变得像一个老皱的果子在枝上摆动，荷叶们在微风中轻轻碰撞嬉戏，发出的声音极像是有人在耳语。假若那年跳进水里，会不会见到乾隆年间跳进去的那两个姑娘?二嫂慢慢地弯腰撩水擦身，原本就凉的塘水在夜晚温度更低，水珠触身时她打了个寒噤，燥热的身子顿时觉到了一阵森森的凉意，她仔细看了看自己在水中的倒影，那是一个胖胖的女人的身形，唉，老了，到部二东家已经几十年了!

擦洗后她回到屋里躺下不久，院门外响起了丈夫那夹着拐杖捣地的独特脚步声，她听到他走进屋走近床，跟他说说墩子的事吧!她睁开眼睛刚要开腔，不想裹着酒气的丈夫已向她的胸口伸出手来。“干什么?”她厌恶地将他的手拨开。“嘿嘿，你又不是不晓得，人一喝点酒就想这个——”“都半夜了，你还叫人歇歇不?”她用抑得极低的声音叫，把那双伸到腹上的手狠狠地打开。“怎么?”部二东生气了，声音一下子提得很高，“你还是不是我的老婆?”二嫂一听慌忙伸手捂了他的嘴，天呀!隔壁睡的就是女儿，不远处的小楼上还躺着两个日本技工，让他们听见明儿还怎么见人？她不敢再拨开他那双手，听凭他在身上肆意折腾，二东已经摸准了二嫂极要脸面害怕丢人的弱点，常用提高嗓音捅出家丑的办法来把她吓服，尤其是当着日本人的面。

当丈夫终于忙完之后，她才总算把要给墩子娶个媳妇的话说了一遍，但二东只含混地答了一句：你看着办吧。就打起了呼噜……

四

每天的早饭后，香魂油坊要开始它的第二道工序：磨芝麻。就是将清晨炒熟的芝麻，一律用小石磨磨成糊糊。这是最用力气的工序，也是做油过程中最值得一看的地方。香魂油坊有四十九盘小石磨，在磨棚里排成七排，四十九盘石磨被电动机带动着一齐转动时，轰轰声如敲大鼓；七个女工在石磨中往返添续芝麻，似扭一种独特的秧歌。熟芝麻被磨碎后，发出沁人的香气。开磨时倘外人走进磨棚，差不多都会被这幅劳动的景致吸引住，那天上午，五叔探头朝磨棚内喊二嫂时，也极有兴味地看起来而忘了开口。倒是二嫂先看见了他，走出来招呼。二嫂出门一看磨棚外还站着一个姑娘，当即明白了这又是一个相看对象，便急忙把两人往自家院子里让。

姑娘的身个脸相都还不错，但让进屋内细瞧之后才注意到，原来那姑娘的一只眼珠不动，一问，方知姑娘的眼是先天就有的毛病，这一来二嫂心中一咯噔，原有的那份欢喜散得无影无踪。二嫂如今最怕这种先天就有的病。她在有墩子之前，曾怀过两次身孕，结果生下来都是葡萄胎，她知道这是郜家的遗传在起作用。怀墩子时，心中整日不安不宁，多少次腆着肚子在黑夜中去村西的娘娘庙里烧香磕头，恳求娘娘保佑，没想到生下来的儿子还是有癫痫病。她知道遗传的厉害，儿子已经有病，倘若娶个儿媳也有遗传病，那将来生下的孩子还能好了？她使个眼色和五叔一块儿走到厢房，摇了摇头说："五叔的心意俺知道，这样的姑娘跟墩子过日子可以久长，只是我担心将来的孙子孙女身体会出毛病。"五叔听了这话，也不敢再坚持，怕惹了这个财神发怒，便说："那就罢了，这姑娘我待会儿领走就是，我看最好是你看中了哪个姑娘，告诉我，我再去说合，这样兴许就快些。"

二嫂沉吟了一霎，在脑中把认识的本村和邻村以及在油坊做工的姑娘们想了一遍，最后不由自主就又想到了环环身上，说：“要说可心如意的姑娘，我觉着还是咱村的环环，那姑娘勤快文静，爹妈也不是那种多事的人，娶这样的姑娘做媳妇，我也放心。”

五叔听了急忙点头：“环环那姑娘貌相不错，不是那种胆大泼辣会算计的人，又上过初中，要真是来到你家，会是一个好媳妇！这样吧，我后晌就去找她爹妈说说，今晚就来给你回话。”

送走五叔和那姑娘之后，整整一天，环环的面影就老在二嫂脑中转悠，二嫂知道环环家的家境不好，估计环环爹妈见五叔去为墩子提媒准会赞成，他们会为能攀上她这个坊主做亲家感到荣幸。她已开始在脑中计划着什么时候为墩子和环环举行婚礼，越早越好，早办早省心！新洋贞子秋末要来，她来后自己要同她商量生意上的好多事，那时就忙了，最好是在这之前办，她万万没有料到傍黑五叔来回话时会说一句：“嗨，不识好歹，环环和她爹妈都不愿意！”二嫂有些意外地瞪大眼：“为什么？”“还不是嫌——”五叔擦着汗，把后半句也擦去了。

二嫂的脸阴沉了下来。这是她的疼处，她最怕别人捅！她自己可以在家里大骂墩子傻，但在外边，只要听见别人议论墩子一句，她的脸总要红涨半天，上次连新洋贞子摸着墩子的头叹了一口气，二嫂就一天对她爱搭不理。

自从二嫂办起香魂油坊尤其是新洋贞子投资以来，她办事已很少遭人拒绝。因此，今天这个意料之外的拒绝便格外刺心，她眼皮下耷，将眸子中的冷光盖住，咬牙在心中叫了一句：环环，你这个丫头，你敢跟我别扭，咱们走着瞧，只要我看好了你，你就得做我的儿媳！……

## 五

西斜的阳光透过油坊的西窗，照在二嫂那张心不在焉的脸上，她正和几个工人一起往芝麻糊糊里兑水，这也是做油的一道工序，这道工序的关键是掌握好兑水的比例。比例适当，用木棍在水和糊糊中搅拌一阵，上边即浮一层清油；比例不当，兑水少了，出油率低，兑水多了，又会油水分离，减少香味。往日二嫂干这活都是全神贯注，兑一盆准一盆，今日却因为脑子里总想着环环家拒绝提亲的事，兑了两盆都不准，以致不得不重新加水加糊糊来调整比例，气得她连连拍着自己的额头，脸上现出恼怒之色，同干的工人们知道，照惯例，二嫂快要找个借口发火了。正在几个工人提心吊胆的当儿，外边响了三声短促的汽车喇叭，二嫂一听那喇叭响，先是双眸一跳，继而身子极轻地一颤，便疾步向门口走去。

棚里的几个工人松了一口气。

油坊外，一辆装满芝麻的卡车刚刚熄火停下，村中早先的小货郎、如今的个体运输户任实忠正晃着宽大的身架从驾驶室里走出来。看见任实忠，二嫂眼瞳中分明地漾出一股欢喜，两腿显出少有的敏捷，很快地向车前奔去，那样子仿佛是要扑过去，但转眼间她的神态变了，脸上布了一层冷淡，脚步变得十分徐缓，打招呼的声音不带任何感情："回来了，老任，这趟拉的芝麻咋样？啥价钱？""质量没说的，价钱还是老样，就是你得加点运费。"那任实忠瞥一眼围拢来的油坊工人，不容置辩地提出要求，"这两天，汽油的价钱又涨了，再说，这趟跑的山路多，油耗得太厉害！""嗬，你可真会巧立名目要钱呀！"二嫂用的也是绝不肯让步的语气，"谁不知道你早把汽油买到家了，汽油现在涨价你又吃不了亏，告诉你，想多要一分也没门！不想卖给我，可以拉走！”

空气一时变得很僵。

没有人能够看出，二嫂和任实忠这其实是在演戏！

更没有人知道，二嫂最初之所以能办起香魂油坊，就是因了任实忠的暗中支持。不过倘是聪明人，还是能看出一点蛛丝马迹的，香魂油坊如今是中外合资企业，县里保证其芝麻供应，为什么郜二嫂还要单单同任实忠签订芝麻供应合同？

两人的逼真表演瞒住了工人们的眼睛，工人们纷纷开口帮二嫂说话想解这僵局。有的叫：你老任也是，运费是原先就讲好的，现在变卦太不讲信用！有的喊：老任，多要点运费就发财了？有的讲：老任，你收芝麻卖给油坊的生意既是常做就该讲点交情！任实忠这时便苦着脸不耐烦地摆手说：“罢了，罢了，就让你们香魂油坊沾点光吧！快给我结账、卸车！”二嫂这时就朝工人们招一下手说：“来，你们把车卸了，一袋一袋地在磅上过过，哪一袋斤两不够，先码到一边，我去给老任结账。”老任就带了不甚满意的神情，随二嫂往院子里走，两人一前一后，一副公事公办的面孔，但刚一进空寂无人的堂屋，二嫂突然回过身来，喜极地朝老任怀里扑去，那老任咧开大嘴一笑，伸臂便把她抱了起来，两张嘴转瞬便胶在了一处，一阵吮吸声立刻响遍全屋。一对黑老鼠从梁上探头，一点也不惊异地看着这一幕。

两人每次的相见，差不多都是从这幕开始！

连二嫂自己也说不清，类似这样的相见已经有了多少次。

这么多年来，正是由于和实忠的这份恋情，才使她对生活还怀着希望，才使她有了去开油坊挣钱的兴趣。差不多从她一到郜家起，她就注意到了住在这个村中的小货郎任实忠。他那时常挑一个不大的货郎担在本村和邻村间转悠，担子上有糖人、有头绳、有顶针、有她喜欢的许多小东西，但她无钱买，她只能跟在他的担子后看。他自然也注意到了她，有时，他会在无人的时候，从自己的货担上拣一块糖或一截头绳扔给她这个可怜的童养媳。他向她表示关切，她向他表示感激，两人的友谊就从那时悄悄建立，这友谊继续发展，终于在若干年后越过了那个界限。不过这份爱恋不可能有一个美好的结果，她不是那种敢于不要名誉的女人，他也没有可以养活一个女人的家产，于是这爱便必须在极秘密的状态下存在。为了掩盖这份爱，两人都费尽了心机，有时为了获得一次见面的机会，不得不忍痛去演互相仇恨的戏。那个酷热的秋天，两人夜间的来往有些频繁，为了不使人起疑，他们精心策划了一个“阴谋”：任实忠故意在一个午后去她家的菜园里偷拔了两个萝卜，她看见后大叫大喊，立即告诉了丈夫，并和丈夫一起骂上实忠的门前，把实忠“贼呀！”“小偷呀！”“不要脸呀！”狗血淋头地骂一顿。在丈夫部二东挥着拐杖上前抡了实忠一杖的同时，她也上前抓破了实忠的胳膊，以此在村人面前造成一种两家有冤有仇的印象，巧妙地蒙住了村人的眼睛。那日过去几天后的一个夜里，当她重又躺在实忠怀里时，又心疼至极地去抚他胳膊上的伤口。当她怀上实忠的女儿——芝儿时，因为知道这孩子不会再得什么遗传病，可又要把这孩子说成是部二东的，她苦想了多少办法，在村里和家里编了多少谎话！先说算命先生算卦讲，正月怀胎的孩子，老天爷正是高兴的时候，不让他们带残带病出生；又说城里的名医讲了，老辈人的遗传病，并不是要传给所有的后代，有的子女照样正常；再说夜里做了一梦，梦见送子娘娘讲，既然部家已有一个得癫痫病的儿子，下一个孩子该让他聪明伶俐了！正是由于做了这些舆论准备，当好模好样的芝儿出生后，才没引起村人和二东的怀疑，人们才称赞这是她守妇道的回报和福气……

当两人的舌尖尖终于分开之后，二嫂轻声说：“我这两天正忙着想给墩子定个媳妇，你说行吗？”

“有人愿跟？”实忠在椅上坐下，把一块卷着的衣料在桌上放好，“给你和芝儿买的。”

“我看中了村里的环环姑娘，她不愿，可我想我能把这事办成！”二嫂理齐被弄乱的鬓发，语气中满是自信。

实忠没再说话，只深深地吸了一口烟。

“我已经知道有关环环家的两桩事：一桩，环环想跟村西头老周家的二儿子金海，”二嫂汇报似的开口说，“金海家对这事还没上心；另一桩，环环爹去年想靠烤烟叶发财，从信用社贷款六千块修个烤烟炉，谁知第一炉就失火把炉子毁了，收的青烟叶大部分被沤烂，把六千块全赔了进去，前些天信用社在催贷款——”

“这些你别给我说，”实忠笑着把她的话截断，“墩子不是我的儿子，他的事我不便插言，将来给芝儿找女婿时我再拿主意。”说罢起身，走一步又嬉笑着回头，“我夜里来？”

二嫂的脸红了一下，低低地答：“你记着先看院门外的笤帚！”

那天的晚饭吃完时，二嫂装作随口对丈夫提起似的说：“听说今晚南边范庄的汇丰酒馆里来了帮说坠子书的，说‘樊梨花’说得好极了！”“真的？”二东一听兴致来了，急忙问。二嫂此时又眉头一皱：“我也是听人说的，真不真不知道，反正你不能去！三里来地，你拄个拐杖能去成？”“哟！”郜二东一顿拐杖，“别说三里地，就是十里我也不怕！”“要是这消息不准的话，你可要快去快回，不能又在那里喝开了！”二嫂假装生气地交代。“给我点钱吧。”郜二东笑着向二嫂伸手。自油坊办成后，家里的钱从来都是二嫂管，郜二东每次出门喝酒听戏，都是先要零钱。二嫂从口袋里摸出一张拾元的票子朝他一扔：“没零钱了，就拿这张去，可不能都喝光！”

郜二东捏起钱就兴高采烈地往外晃。

二嫂安顿好儿子和女儿睡下后，伸手在院门外放了个笤帚。不久，一个黑影熟练地推开院门，溜进了二嫂的睡屋……

六

当落日把香魂塘水浸成红色的时候，香魂油坊一天的主要工作算是基本做完，十几缸新出的香油正放在棚里做最后的澄清沉淀，预备晚饭后进行包装。这时，工人们边在晚风中歇息边为第二天的活路做准备：整理芝麻。这时辰，二嫂总要人在塘边的平地上铺几块帆布，把几十袋芝麻倒在上边，让人们光脚上去，先用手把其中看得见的土粒石块拣出，再用微风机筛去芝麻上的微尘。这活儿很轻，人们可以边干边说笑，倒也惬意。平日，二嫂和大伙在一起干这活时，少不了同大伙说笑几句，活跃活跃气氛，联络一下同工人们的感情。但今儿个二嫂一声没吭，一边心不在焉拨弄着脸前的芝麻，一边用双眼不停地朝香魂塘西头那条田野通村庄的小路瞅。

她在等待那个叫金海的小伙。她已经观察到了，每天的这个时候，在地里干活的金海要经由这条小路回家。她要在这里拦住他，要同他进行一次不像是有意安排的谈话，这是她整个计划中的第一步！

风从塘那边刮来，大约是添了几分水气，显得湿润而清凉；天光在缓缓变暗，像只马翼雀从远处的田野飞来，落在香魂塘边的杨树林里；做活的人们开始返村，有人边走边含含糊糊地唱。二嫂终于看见那个叫金海的小伙出现在塘边小路上，双眼顿时一亮，随即起身，装着去塘边洗手时看见金海，亲热地招呼："收工了？"

"嗯，二婶。"那金海听见招呼，忙抬头答应。

二嫂走前几步，打量着这个平日不太留意的小伙。嘀，这小伙是长得不错，平头、方脸、大眼、偏高的身个、黑红的肤色，给人一种健壮机灵的感觉，环环看中了他，是有几分眼力。"做地里活累吗？"二嫂关切地问。

"没啥，"他笑笑："就是种的粮食卖价低，挣钱少。"

"愿不愿找一个挣钱多又很轻的活儿干？"二嫂抓住他这个话头，问。

"哪有？"他又笑了。

"香魂油坊在城里新设了个零售店，需要一个人常驻那里负责经营，你要愿去的话，我可以考虑，工资一月先定一百三。"

"真的？"金海脸上露出惊喜。

"你愿去？"二嫂不动声色地问。

“愿！”金海果断地一拍腿。

“不过，我有个条件！”二嫂调调儿很慢。

“啥条件？”他迫不及待。

“因为生意上的事讲究经验，我不想让零售店的人三天两头换，只要定下干，就要一干几年，而且两年内不能谈对象结婚。年轻人一有这事，心思就容易不在生意上；就是将来找对象，我也希望他能在城边的那些村里找一个姑娘，免得来回跑。”二嫂边说边看他的脸。

“噢——”他直望着二嫂的脸，有些怔。

“你怕不会答应这个条件吧？”二嫂嘴角挑起，露出一丝笑意。

“我——干！”他虽然迟疑了一阵，到底还是下了决心。

“这是一桩大事，我看你还是回去同你爹妈商量商量。我听说已有人在给你介绍对象了，是吧？”

他有些不好意思地笑了：“只是说说，还没定下。”

“这样吧，我明天晚上等你的口信儿！”二嫂说罢，无所谓地笑笑，转身去水塘洗手。当她在清澈的水边蹲下时，水面上映出了一张得意的笑脸。她知道，金海已在她的主意面前动了心，她的这步棋已经可以说走成了！

果然，第二天晚饭后，那金海就来告诉说：我愿去，按你的条件办。第三天，村中便有消息传开说韩家的环环姑娘不知何故哭得双眼发红。二嫂听罢，微微地笑了一下。

几天后的一个上午，二嫂又差一个人用塑料桶提十斤刚出的小磨香油，去了乡上把一个姓侯的信贷员叫了来。那侯信贷员过去同部二嫂打过交道，知道她如今是有名的香魂油坊的老板，听说她叫自己有事，也不敢怠慢，骑着自行车赶到，一进二嫂家就笑着高声问："嫂子叫我有何吩咐？你总不会是要贷款吧？"二嫂就笑着摇头，让座让茶之后，低了声问："听说我们村韩环环家欠了你们贷款？""是的，是的，怎么，她家又找了你来求情想拖欠？"侯信贷员见二嫂问起这事有些意外。二嫂摇摇头又问："欠款到期是不是该还？""那是自然。只是她家确实倒霉，无钱归还，只好容他们再拖一段日子。"侯信贷员一时不明白二嫂何以会关心这个。"要我说嘛，你应该照原则坚决要回！倘是贷款的人家都照他们这样拖欠，你那信贷所还开不开了？"二嫂仍旧笑着问。"二嫂的意思是？"侯信贷员听出了点眉目。"他们家要没钱的话可以借嘛！再说，人家也不会就没有积蓄，你真要一吓唬，譬如说要用房子抵什么的，他们还能不慌着凑钱？”二嫂边喝水边笑得极是自然。那侯信贷员不是傻瓜，这几句听过自然明白了二嫂的心意，只是猜不出原因，但心下琢磨，去催要贷款既合乎原则又能讨这香魂油坊主人喜欢，何乐而不为？于是在二嫂家吃罢丰盛的午饭后便径直去了环环家。

环环的爹和妈一见信贷员上门，立时就明白了来意，急忙让烟让茶。几句寒暄过后，那姓侯的便神色肃穆一本正经地提出了三天内归还贷款的要求。环环的爹妈听了连声叫苦，说眼下手中实在没有，求再拖一段日子，待秋季收成下来就力争还齐。原本坐在缝纫机前缝衣的环环此时呆立在那里，看着爹和妈的惊慌和低三下四的模样，眼眶里就有泪水在旋。她是长女，又快二十岁了，已经知道该为爹妈分忧，可有什么办法？去外边找人借？哪里能借到这么多钱？如今家家都在想法把资金投到能挣钱的地方，谁肯把这么多现金借给你？“如果三天内还不出钱，你们恐怕得想法找个抵押物了，譬如这房子——”侯信贷员住口点一支烟，环环和爹妈的心却一下子提到了嗓子眼：天哪！抵押？

这之后，侯信贷员就没再说什么，喝一阵茶便走了。

他走后，环环爹妈和环环都抱头默坐那里，一直坐到环环的两个弟弟放学回家。最小的弟弟没有发现屋里的异样气氛，进屋就喊："妈，我饿！"话未落音，爹的巴掌就呼啸而来抡到了他的屁股上："饿死你个杂种！滚，给我快滚！"小弟不知爹何以突然发这么大的火，委屈地哭了。环环悄步上前，无言地撩起衣襟为弟弟擦泪。晚饭除两个弟弟吃了一点之外，环环和爹妈都没动筷。眼看着爹脸前的旱烟灰越堆越高，环环的牙突然一咬，用低哑的声音说："妈，你去村里把五爷爷喊来！"

"喊五爷爷干啥？"妈抬起红肿的眼。

"你去把他叫来！"环环的声音执拗而坚决。当妈的知道女儿柔中带倔的脾性，只好起身出门去喊。有两袋烟工夫，五叔来了。他并不知道环环家发生了什么事，进门还开玩笑地喊："环环，找五爷有啥事？是买酒了想请五爷喝几盅？"及至看见环环爹的那副愁态，才意识到出了什么事，刚要问，环环却已开口："五爷爷，你前些日子不是讲，香魂油坊的郜二婶愿娶我当她的儿媳妇吗？"

"是呀，她对你做她的儿媳可是一百个中意！"五叔恍然猜到了什么，笑答。

“要是我答应了这门亲事，她能给多少钱？”环环的声音有些抖。

“你部二婶说过，钱上她不在乎，你可以先说个数！”

“一万二！”环环伸手扶住一把椅子，借以支撑自己开始哆嗦的身子。

“中！我估摸她能同意，我这就去找她，今夜里就给你们回话！”五叔有些喜出望外地急急往外走，他没料到这桩原本已经不成的亲事忽然有了转机。这下子有酒喝了。

“环儿！”一直待在一边听着这场对话的环环爹惊叫，“你——”

“爹，五爷爷要是把钱拿来，还了人家的贷款后，剩下的钱你今年再修个烤烟炉！”

“环儿……”爹开始哽咽，妈早撩起了衣襟。

环环没再开口，只是转过身，一步一步向自己的睡屋走……

七

五叔进入二嫂的堂屋时，二嫂正在本子上记着第二天要做的几桩事儿。五叔高兴得挥着烟袋喊："她二嫂，环环同意了，墩子的婚事成了！成了！"二嫂的眉心一耸一松，把要写的几行字写完，才慢慢扭过头来，淡然地问："怎么，当初不是说过不愿意了吗？"

"我也不知她怎么又改变了主意，"五叔摊手笑道，"好呀，这回你有了可心的儿媳了！"

"她提了什么条件？"二嫂似乎早有所料。

"她想要一万二千块钱，她家里太穷，我就替你答应了，我想这点儿钱你也不会在乎！"五叔笑说。

"好吧，给她！不过我想最近就择个日子为他们把事情办了，怎么样？"二嫂边说边去开小保险柜的柜门。

"既是已经答应了，定日子的事她不会再说别的。"五叔直盯着二嫂的手。

"喏，这是给环环家的，"二嫂将一张活期存折递到五叔手上，"她去县银行取出就行，一万两千五，比她要的还多一点。喏，这三百块，你留下买两瓶酒喝！"

"给我钱做啥？为墩子操心还不应该？"五叔嘴上推着，却已眉开眼笑地把存折和现金接了过来……

婚礼定在十天后。一切由二嫂安排，十分隆重。

尽管两家相距仅几百米，二嫂还是让人把新洋贞子当初带来的两辆轿车都开上，绕村一周把环环娶进了屋。

新房里的家具是从城里买的，村里无人能比；婚宴摆了四十二桌，规模在村里也是空前的。

墩子那日经二嫂精心打扮，头发梳得一丝不乱，一身毛料中山服十分笔挺，皮鞋乌光黑亮，除了脸上眼中有一股呆气滞留外，整个人倒也说得过去。到每桌敬酒时，严格照娘教他的三句话说：请喝好！来，我敬三杯！你请坐！倒也没显出什么傻气。环环那日并无刻意打扮，只穿着一身蓝底带碎花的素色衣裤，式样大方而合体；乌发剪得齐颈，随意梳成；着一双绣有粉蝶的浅色布鞋和肉色袜子，浑身有一种淡雅的美，加上那日她脸上不露半点笑意，双唇轻抿眼瞳仿佛浸在水里，越发透出一股端庄清丽来。她随在墩子身后出来敬酒时，酒桌上响起男女宾客们的一片赞叹声，坐在主席上的二嫂，在这赞叹声中高兴得把两颊喝成了一片酡红。

整个婚礼进行得十分顺利，只是到了傍晚时分才出了点意外。当时，来贺喜的客人还没全走，有几个女客仍在新房欣赏参观那全套高级家具，环环默默坐在椅上不语，这当儿墩子从外面疾步进来，不由分说地就叫客人出去。几个女客有些愕然，却也不能不向门外走。她们刚出门槛，墩子就哐一声把门关了。几个女客互相挤挤眼睛，就把耳朵贴在了门上，听见墩子说了一声：快上床去！却不见环环应声。几个女客就在门外窃笑。恰在这时，二嫂从院门外送客回来，瞥见新房门口几个女客的神态，就知道是墩子办了什么傻事，便佯作不知极热情地唤那几个女客到前屋喝茶，自己瞅了个机会走到新房门口，刚要推门，门缝里已传出婚床嘎嘎吱吱的沉重响声，二嫂脸一红，心里骂一句：傻东西！急急转身走开了。

那晚例行的闹新房仪式没法举行，新房门墩子一直不开。二嫂在前院用大量的糖果和巧妙的借口，把来闹房的村人支走了。

第二天早上，墩子两眼浮肿欢天喜地地出门，到了前院坐下就要饭吃，环环却没起床，二嫂做了饭菜让闺女芝儿送上，环环不吃也不看。直到晚上，她才慢腾腾起床，端了脸盆拿了毛巾去香魂塘擦洗。那也是个有月的晚上，二嫂站在门口观察着，环环擦洗完，在塘边定定地站了，月光把她的身影清晰地印在地上，许久之后才又默默端了脸盆往回走。二嫂在心里说：你开始可能像我当初一样不习惯，慢慢就好了……

## 八

日子很快便把墩子和环环的婚礼变成了过去，香魂油坊又像旧日一样，在二嫂的指挥下，平静地按既定工序运转：整理芝麻、炒、磨、取水、兑、沉淀、取油、包装、运。墩子和环环相处也很平静，一块儿起床，一块儿吃饭，没有争执，没有吵闹。

一切都很安宁。

但二嫂的心里却安宁不下，她知道，早晚家里要出事，起因还是墩子的病！

她十分注意观察墩子的神色变化，每天督促着他吃药，但药物不能把墩子的病根治，二嫂担心的事还是发生了！

那是一个无月的晚上。半夜时分，二嫂因为和两个日本技工试用刚安上的新型计油器，上床晚。刚睡下不久，后院蓦然传出环环恐骇至极的喊叫。二嫂一听，知道不好，上衣没穿就往后院跑，撞开墩子和环环的睡屋门，拉开灯一看，只见环环和墩子都赤身相对侧躺在床上，墩子两只手死死掐住环环的两个肩头，口吐白沫，牙关紧咬，双眼翻白；环环早被吓得浑身乱抖面无血色。二嫂知道墩子这是在正做那事儿时犯病的，所以有死抠环环肩头的举动。她跑上前，一边狠掐墩子的人中穴，一边去掰他掐环环双肩的手指头。待把他的两手掰开，环环的双肩已淌出血来。环环啜泣着慌慌穿起衣服。这时郜二东拄着拐杖进来，和二嫂一块儿进行例行的急救。待把墩子用凉水喷得吐出一口长气，二嫂转眼去看环环时，已经不见了她的影子。二嫂奔出大门，听见一阵踉跄的脚步声向村中响去，知道环环是向娘家跑，不好再去喊去追，便慢慢返回屋里。

墩子是第二天早上恢复过来的。吃早饭时，没见环环，便瞪了痴呆的眼睛问："她呢？"二嫂说，"环环回娘家看看，待会儿就回来！"但直到天黑，仍不见环环的影子，墩子就又呆声问娘："环环呢？"此时二嫂便有些生环环的气：在娘家一天了，怎么还不回来？吃过晚饭，差芝儿去韩家叫嫂子。芝儿去了一阵回来告诉娘：我环环嫂不回来。二嫂听罢就愈加生气，你明明知道墩子这是病态，值得这样赌气住娘家不回吗？不过后来一想，也罢，她可能是被吓住了，明日买点礼物让五叔送过去，劝说劝说她，让她早日回来。

第二日中午，二嫂让人从镇上买来几盒点心，喊来五叔，作了番交代，五叔便去了环环家。半后晌五叔来回话：环环只是哭，不说回来不回来。

二嫂把眼一瞪，哼了一声，说："我再等她一天。"

第四天中午，仍不见环环回返，墩子又不住地问："她哩？她哩？"二嫂便把头发向后一掠，抻抻衣襟，径直去了韩家。

进了韩家门，二嫂没理会环环爹妈的招呼，径直进了环环睡觉的屋里，对躺在床上的环环冷冷地说："你可是我郜家的儿媳，老住在这儿算什么？我来提醒你，你是我花一万二千五百块钱娶来的，你当初就知道我家墩子有病，你是自愿同意的！如今后悔也可以，把我花的那些钱和利息都拿来！"

环环没说一句话，只慢慢地坐起身，抹一把眼泪，抖抖地穿上鞋，一步一步地挪出门，向香魂油坊走。

二嫂迈着重重的脚步跟在身后。

进了院门，二嫂又严厉地在环环背后说："以后不给我讲，不准随便往娘家跑！做媳妇就该有做媳妇的规矩！"

环环没有吭声，只慢步向卧房去。

你休想在我面前摆什么小姐架子，我早晚会把你治得服服帖帖！你生是我部家的人，死是我部家的鬼！二嫂扶着门框在心里叫……

## 九

新芝麻上市，是香魂油坊最忙的时候。每天一大早，四乡八村种芝麻的农民或拎或扛或挑，在香魂油坊前排起长队，等待着用芝麻换油或卖钱。一则因为香魂油坊的油好，二则因为二嫂把收购价钱定得略高于其他油厂油坊，所以到这里的卖主就格外多。开油坊芝麻是原料，二嫂对原料一向抓得很紧，见到就收，存得越多越好！

二嫂在油坊前摆起两张条桌，一张桌上放一根木杆大秤和一个小磅秤，让环环负责给卖主们称芝麻，另一张桌上放一个算盘和几沓各种面额的现金和一本账，她坐在桌前负责按质计价付钱；二嫂的桌旁又放一只盛了小磨香油的油桶，桶上摆了一斤、半斤、一两、半两四个用白铁皮做的油提子。有想用芝麻换油的，二嫂就按比例用油提给他们往瓶里、桶里量油。部二东和墩子按照二嫂的吩咐，负责把买过来的芝麻往口袋里装。油坊里边的工人们则按照平日的分工，正常做油。两个日本技工稀奇地站在不远处看，他们大约是第一次见这场面。

环环默默给卖主们过秤，称完一宗，便低而简洁地报给二嫂，她做得麻利而认真，自从上次由娘家回来之后，她便开始顺从地按照二嫂的吩咐干活，似乎已习惯了部家的一切，只是很少说话。

部二东和墩子父子俩倒芝麻的活原本不重，但没干到晌午，先是墩子回屋喝水再不出来，再是二东喊叫着太累，看见芝儿放学到家，又急忙喊芝儿来干，自己拄拐杖去树荫下歇息。

二嫂扭头狠狠瞪了一眼在近处树荫下吸烟打盹的丈夫，但转身去给卖主们付款量油时又是笑容满面，她不愿让外人看出她对部二东反感，多少年来她在人们面前对部二东一直是百依百顺关心体贴，好不容易才赢得贤妻良母的称号，才使人们没有对她和任实忠的关系起疑。如今她和日本人合资做生意，闲话原本就多，对丈夫的厌恶她更是只能压在心里！二嫂最累，一会儿要坐下记账、算账、付款，一会儿又要起身用油提量油，一会儿又因为心疼女儿赶过去帮芝儿装芝麻。一天下来，真是头昏脑涨腰酸腿疼坐下就不想动。

那日因为是来红的前一天，二嫂早晨起来就觉浑身乏力，想到是收购新芝麻的紧要时节，她不敢歇，仍坚持着干，到晚上收秤，竟累得一步都不想挪。晚饭由环环做好，芝儿端到她面前，她只草草吃了几口就脱衣上床睡了。睡了没有多久，下午就出去到酒馆听坠子书的二东带一身酒气回屋。上床后，竟然又去扯她的衣服，她气极地摔开他的手，他又执拗地要来脱，她实在抑不住心中的恼怒，就照他光裸的胳膊上打了一掌，未想到这一下把郜二东惹恼了，他仗着酒气发起了疯。一边高叫着“我揍死你这个婆娘！”一边没头没脑地打她撕她。这厮打的声响和郜二东的叫喊以及二嫂抑低的哭音，早把环环惊醒。环环跑到爹娘的屋里无言地看了一眼公公，郜二东这才气哼哼地在一把椅子上坐了。环环去扶二嫂，她刚喊了一声“娘，起来”，二嫂就止住了哭声，抬起泪脸望定儿媳，眼中先是闪过一丝羞愧——她没想到让儿媳看见了这个场面，随即便恶狠狠地说：“你来干啥？我不过是跟你爹拌几句嘴！”环环没吭声，只掏出一块手绢要去包二嫂胳膊上的伤口，未料二嫂把她的手忽地推开叫：“你别管，回屋睡觉去！”

环环抿紧嘴，慢慢起身向门口走，快到门口时，二嫂在身后压低声音冷冷地交代：“把你看到的烂到眼里，说出去小心我撕你的嘴！”

环环拉开门，无声地移出去……

## 十

第二日早晨，二嫂仍然穿戴得整整齐齐地到油坊派活检查，而后在门前收购芝麻，不时还同来卖芝麻的熟人开一两句玩笑，俨然昨晚什么事也没发生一样。只有环环能够听出，她那说笑声里含有多少勉强；也只有环环能够看出，她那闪烁不定的眸子深处，隐有多少苦楚。

收芝麻的忙季终于过去。

那天黄昏，二嫂在室内审看刚从省城印刷厂拿回来的新式商标，商标是用中文、日文两种文字印成的，中间是一行大字：“香魂小磨香油”；上边是一行小字：“世上美味，烹调佳品”；下边是一行地址：“中国南阳香魂油坊产”；左面是一盘黄澄澄的芝麻；右面是一盘机摇石磨。用色构图都不错。二嫂唯一不满意的是没有再写上一句：“荣获中华人民共和国香油评选一等奖。”她正琢磨下次重印该把这行字加在何处时，院门外响起三声短促的汽车喇叭，几乎在听到那声音的同时，她便忽地起身，几步奔到了门口，哦，实忠，你可回来了！一看到实忠的身影，她就觉得鼻子发酸。她多想立刻扑到他的怀里诉说她心里的苦楚，但是不能，她知道周围有眼睛，她必须先演戏。她不冷不热地招呼：“回来了，老任？”实忠一本正经地点头并立刻用生意人的口气说话：“我这次在南阳给人拉完水泥，回来时按咱们的合同要求，给你拉了一车空塑料桶和空瓶子，质量没说的，就是颠烂了一箱瓶子。这是运输时的正常消耗。你可不能少给我钱！”“哟，”二嫂撇起了嘴：“我要的是装油的好瓶子而不是玻璃碎片，拿些碎玻璃让我付款，想得倒好！”“那你说怎么办？”“颠烂的自己认倒霉！”……

眼看已成僵局，油坊的工人们便又过来打圆场，最后又是实忠承认倒霉，很不满意地随二嫂进屋去结账。两人一前一后进院门时，刚好遇见环环端一盆衣服出来，环环抬头招呼：“任叔回来了？”实忠笑笑回问：“环环，忙着洗衣服？”两人都是礼节性地说句话，并没有想别的，他们都没料到，当晚他们还会见面，而且是在那种尴尬的场合！

当晚，因为墩子去外婆家走亲戚未回，饭桌上就只剩下了四口人，饭快吃完时，二嫂对丈夫巧妙地试探着说：“你今晚去酒馆听戏，十点钟前一定要回来，要不我可不起来给你开门。明早上我还要起床招呼工人炒芝麻，陪不起你熬夜！”“嗨，你这女人真不通情理！”郜二东立刻抗议，“唱坠子的哪晚不唱到十二点？大伙都在那里听，你叫我半途回来，我回得来吗？”“好了，好了，我不管！”二嫂嘴上不耐烦，心中却在暗喜知道了他回家的确切时刻。

二嫂家的院子挺大，进了头道院门，两边各是两间厢房，四间厢房全是仓库；三间正屋里，二嫂和丈夫住东间，芝儿住西间，中间是一个穿堂。过了穿堂是后院，后院是两间厢房和三间堂屋，厢房依旧做仓库，环环和墩子住三间堂屋。吃罢饭丈夫出门之后，二嫂待后院环环和西间芝儿的灯都熄了，就轻轻拉开院门，在门槛外放了一把笤帚，接着把院门虚掩了，回到自己的卧房。几袋烟工夫之后，一个黑影轻步走到院门外，看一眼那笤帚，便轻推院门，门“吱扭”一响，闪身进到院内。

环环那阵其实还没睡，熄灯之后在床上躺了一阵，忽然记起白天洗的两件衣服还在后院的铁丝上搭着没收，因怕明晨露水再把它们打湿，就穿了鞋披了衣出门，走到铁丝前刚要收衣服，听见头道院门“吱扭”一响。那晚是个有月的阴天，月不甚亮但能见度还好。环环隔着穿堂门缝瞥见，门响之后有一个黑影闪进院子，顿时一惊：不是公公！她几乎立即作出了判断。那黑影蹑手蹑脚向婆婆睡屋走时，环环马上断定：是贼！一定是去偷钱！环环知道，家里的保险柜就放在公公婆婆的卧房里。

她的双唇不由自主地张开，一声“抓贼呀”的呼喊马上就要冲出喉咙，就在这时，她的耳朵又捕捉到一句极低的招呼：“快呀！”与此同时，婆婆的房门轻微地一响。尽管那句招呼低微得几乎立刻就融散在夜空里，但环环还是辨出了那是婆婆的声音。环环的身子骇然一震，婆婆这是干什么？那黑影是谁？惊疑和好奇使她不知不觉间悄步走到了公公婆婆睡屋的后窗前，窗帘拉得严丝合缝，屋内无灯，窗隙里飘出的声音隐约模糊，迫切想弄清根由的环环，差不多把耳朵贴在窗框上了。听到了，一种轻而单调的吱嘎声。什么东西在响？环环一开始没辨出那声音的性质，但转瞬之后，一股血就泼上脸颊，滚热得烫人，她知道自己脸红了，她下意识地抬起双手想去捂脸，但手至半空又慢慢放了下去。她明白了。结过婚的环环知道床那样响意味着什么！被云层滤暗了的月光照着环环的脸孔，她的双唇愕然张开，久久未曾合上。婆婆的一声呢喃和一句男人的低语从窗缝里钻出来，为环环的判断作了最后的证明。

环环知道她发现了什么，她不能再在这里听下去，她唯恐惊动了屋里的婆婆，悄步向后退着。恰这当儿，头道院门外突然响起了公公那特有的伴着拐杖捣地的脚步声，随之大门咣当一响被推开，门开时响起了公公那喑哑的抱怨声：“娘的，睡下了也不把大门插上，想招贼呀！”边抱怨边插着门闩。

环环陡然停止步子：公公怎么这么快就回来了？她的心倏然一提，不知怎么的，她莫名其妙地感到恐惧和着急。

二嫂和实忠太欢乐了！短暂的倾诉之后便坠入了彻底的欢乐。由于沉入欢乐太深，他们的听觉差不多丧失殆尽，根本没听到那由远而近的拐杖捣地的声音，直到院门咣当一声被推开，两人的身子蓦地一抖，二嫂惊恐地问：“你怎么没有插门？”“我忘了。”实忠慌慌地去抓衣服。“嗨呀，你，快！快从后窗跳出去，快！这是鞋！快！”二嫂飞快地撩开窗帘推开了窗户，但就在窗户推开的瞬间她骇极地低叫了一声："呀！"

实忠没有理会她的那声低叫，纵身跃上了窗台，直到他跳到地上时，他才猛地发现，面前不远处站着环环！

他呆在了那里！

室内的二嫂只来得及把内裤穿好，丈夫就已把屋门推开了。

后窗还没来得及关上，窗帘撩在一旁。

二嫂僵了似的呆坐在床上，绝望地在心中叫：完了！

郜二东啪地拉亮电灯，电灯拉亮后，他没有注意到妻子的神态异样，只是发现后窗大开，于是埋怨了一句："睡了，怎么也不把窗户关上？"说着，就往窗前走。血全部从二嫂的脸上退去，双颊白得如纸，她知道，后院的两间厢房也都是仓库，门上有锁，除了儿媳的住屋，就别无他处可让实忠藏身，如今这室内的电灯一亮，会把不大的后院照得清清楚楚，不论实忠躲到哪里都会让丈夫看见，全完了！让他发现了！他会怎样？大骂？大打？大闹？村人们会怎么笑？儿女们会怎么看？合作的新洋贞子知道了会怎么说？生意还做不做？这里还能住下去？天呀！……可令二嫂奇怪的是，郜二东隔窗向后院望了一刻后，却只说："睡时要把窗户关上！”二嫂一愣，他没发现？她战战兢兢地借帮拉窗帘在丈夫身后向窗外望去，不大的后院每个角落都在眼前，里边空无一人。

她的心倏然一松。

二东坐在床沿上边脱衣服边骂骂咧咧地说道：“娘的，今晚坠子书本来听得好好的，二楔子他们几个去酒馆里胡闹，非叫人家唱豫剧不可，结果人家把弦一夹，走了，弄得大伙儿都只好回家睡觉……”

二嫂含混地应了一句：“天呀……”她一动不动地躺在床上，轻轻用手抹去额头上的冷汗。她在黑暗中侧耳倾听后院的声音，十几分钟后，当丈夫的呼噜渐高时，她听到儿媳住屋的后窗户响了一声……

## 十一

二嫂第二天早上推说头疼没有起床。她的头也的确又闷又重，昨晚她一夜没睡着，那事瞒过丈夫只让她感觉到了短时间的轻松，很快又生出了新的恐惧：她保守了半辈子的秘密因为一时大意全部暴露在了儿媳妇面前，她担心说不定一起床环环就会把这事传开去，让全村人和邻村人都知道！会的，环环会的！她明白环环内心里对她有气，那次环环因为墩子发病跑回娘家，自己去逼她回来时说的那些话，环环心里不可能不生气，不可能不恨我。她平日不敢同我犟嘴，是因为她怕我，如今她不怕了！她会借这事报复的！会的！

二嫂躺在床上恐惧地想象着：环环如何匆匆起床，起床后如何强忍鄙夷的笑意跑回娘家，对着她娘家妈的耳朵把那事描说一遍；她妈又怎样传给他们的邻居；他们的邻居又怎样在全村传扬给女人、男人们……到不了晌午，全村人就都会知道，堂堂的香魂油坊的女主人原来是个养野汉子的破鞋！她多少年来辛辛苦苦小小心心在人们眼中塑造的贤妻良母能干女人的印象顷刻便会瓦解，从今以后人们再不会尊敬自己。她捂住脸，想象着她在村中走过时人人翻着白眼指点脊梁的情景，一股寒气在周身弥漫。

她在床上一直躺到后晌，要不是芝儿说要去叫医生来给她看病，她担心在医生面前露出破绽更加难堪，她真还想躺下去。她起来走进油坊时一开始脸都不敢抬，她以为人们都已经知道了那事，后来见人们跟她问这儿说那儿的口气仍如往常一样，她才略略平静下来。但她心里仍充满恐惧，她坚信儿媳迟早会作为报复武器把那事传出去，她不安地等待着那一天的到来，她在苦思苦想着对策，却终于什么对策也没想出来。

也就是从那天起，她对儿媳产生了一种害怕心理，十分担心单独面对她，只要一听见她的声音，她的脸就会倏然变红。但环环似乎是把那件事忘了，见了她仍像以往一样尊敬地叫“娘”，叫得二嫂不知所措，心惊胆战直发慌。

日子就这样在二嫂的不安中缓缓数过去，一切都没有发生，渐渐地，二嫂的心归于平静。但二嫂平静之后还是有些惊奇：环环为什么不利用这个机会？

是一个晚饭后，丈夫和墩子、芝儿都去村里玩了，环环在刷碗。二嫂过去帮忙刷锅，她手拿一柄铁铲铲去锅巴时，环环把碗已洗完，二嫂低低地叫了一声：“环环。”环环扭过脸：“有事？”“你没有把那件事说出去我会记在心里！”“为什么要说出去？”环环的脸一红，头垂下。二嫂一愣，她没料到环环会这样反问。这当儿，环环又抬头望望她，急切而低微地说：“娘，我懂得，你这辈子心里也苦。”说罢，转身出了厨房。

“哐！”二嫂手中的铁铲跌落在锅沿上，锅沿被打碎了一块，崩飞到了什么地方。铁铲与锅沿相触的声响久久在厨房回荡。

二嫂手按锅台一动不动地站在那里，她觉出有一股暖而热的东西在胸中弥漫，一阵轻微的震颤在向四肢伸延。她知道有泪水开始溢出眼眶，她想抬手去抹时，它们已经砸向了锅中，她静静地听着泪珠砸下去的声响。

她久久站在锅前……

## 十二

墩子又犯病了。这次犯病是在睡觉之前，当时他正拿一瓶红墨水用毛笔在纸上胡乱涂着玩。他倒下去的时候，墨水瓶跌地，溅了在一旁打毛衣的环环和二嫂一身一脸。环环最先奔过去用手指掐住了他的人中穴，她已经有了经验。二嫂无言地用毛巾揩着儿子嘴边的白沫。当墩子终于醒过来把痴呆的双眼睁开时，环环和二嫂都已满头大汗。她们吃力地把墩子抬上床后，便一前一后地去香魂塘边擦洗。那夜月明星稀，塘水微波不起，婆媳二人默默地在水边蹲下，将水面弄碎。油坊的工人们大都已睡下，只有一盘加班的石磨在响，四周挺静，塘边只有两人撩水的声音。

“环儿。”二嫂轻轻地喊。

“嗯。”环环扭过脸。

“你和墩子离了吧！”

“啪。”环环手中的毛巾跌落水面。

“一辈子太长了……”二嫂的声音像呻吟。

环环的毛巾在水中荡开，慢慢地向远处游去。

“再找个人，娘给你准备嫁妆。”

一阵清风轻拂那漂在水面的毛巾，于是便生出一圈一圈的涟漪。

“过年过节了，回来看看我，等于我还有个儿媳。”

“娘！”环环哽咽着扭身，抱住了二嫂的肩膀。

水中的月亮默望着水边抱在一起的两个女人，意外地眨着眼睛。

轰隆轰隆，加班的石磨还在轻声转动，一股夜风从油坊那边刮来，裹着一股浓浓的小磨油香。

扑通，一只青蛙从荷叶上跳下，钻进清澈的水中。

月亮仍在水中移，缓缓地……

## 名家点评

周大新擅长写小人物，小人物的命运成了他许多小说的主干。通过小人物的命运，进而剖析人性。《香魂女》无疑是很有深度的一篇。人性的奸诈和人性的善美齐集于郜二嫂一身，最后以善美战胜奸诈而告终，郜二嫂依然是一个可以亲近的小人物。对人性善、人性美的呼唤，可以说是周大新许多小说的一个潜在的主题，也是他的一种审美理想。

**中国社会科学院文学研究所研究员　陈骏涛**

《香魂女》是一部十分贴近中国当代现实生活的作品。编导者展示了20世纪90年代北方水乡烟雾缭绕、诗意朦胧的自然环境，让我们看到了卷入商品经济大潮的水乡人，以他们的勤劳与智慧正在使自古以来滞重而又艰辛的生活变得甜蜜而红火。然而《香魂女》决非一部纯粹为变化了的中国新农村、中国新农民的物质生活大唱赞歌之作。创作者的着力点在于描绘人们的精神世界，在于探索时代、社会、文化与人的精神世界之间的众多关系。创作者主要是通过描写两个女人——郜二嫂和环环的婚姻与命运来体现。

**中国电影评论学会会长　章柏青**

**周大新创作谈：**

我故乡的地图上没有楚王庄这个村子，它只存在于我的心里。文中的楚王庄是我虚构的，是供我那些虚构的人物活动的舞台。但它是依据我故乡的村子的模样来虚构的。住在虚构的楚王庄的人，其实是我的乡亲。我写这部小说的目的之一，就是想告诉我的父老乡亲，幸福也许不在远处，就在你的脚下。乡村在中国是不会也不应消失的，造物主和我们的先祖其实给每个人都留有一份幸福，关键看你能不能发现这份馈赠放在哪里。

## 长篇

# 湖光山色（节选）

湖边除了一些青草、芭茅、柳树和地上的一些野花之外，并没有多少惹眼的东西，那些学生们照了一阵相之后，就问开田还有什么可看的地方。开田心里着急起来，眼看离天黑还早，要是没有可看可玩的，这些学生们肯定会不高兴。急切中他想起了谭老伯上回说过，当年秦兵追赶楚兵时，曾在这丹湖边有过一次大战，于是便一本正经地说：你们要仔细沿着这湖边走走看看，这里其实是一处古战场。当年，楚军和秦军在丹阳大战之后，败退的几万楚军来到了这里，准备歇息歇息再战，没想到十万秦军紧跟着追到了这儿，两下就在这湖边再次摆开了战场。楚军是惊魂未定，秦军是乘胜追击，战争打得十分惨烈，结果几万楚军将士大部战死，据说当时这湖岸上全是尸体。

哦？学生们顿时都安静下来，凝望着湖岸旁的草地和湖里清澈的湖水。

也许，我们还有可能在这儿找到当年战死者留下的兵器。一个学生说罢，众人便都沿着湖边向前走了，边走边留心地看着脚下的草丛。开田松了一口气，跟在他们身后走。但愿他们能真的找到一件旧时的兵器，他们总算有了事做。只要能拖到天黑就行，他们多住一天我们就可以多赚一天的钱呐。

我过去读屈原作品的时候，领队的人这时忽然开口道：曾看过一则史料，说屈原的《国殇》那首诗歌，是在这一带写的，是屈原为在一场大战中死去的将士写的祭祀乐歌，会不会就是为这场战事而写？

不是没有可能。一个学生接口。

另一个学生紧跟着背诵道：

操吴戈兮被犀甲，车错毂兮短兵接。

旌蔽日兮敌若云，矢交坠兮士争先。

凌余阵兮躐余行，左骖殪兮右刃伤。

霾两轮兮絷四马，援玉枹兮击鸣鼓

……

开田默默地听着，他听不太懂，可他看见学生们都在认真地听着，心里也高兴：以后再来人，也要把他们领到这湖边，让他们在这里消磨一段时间……

第二天吃过早饭，开田就领着他们上了山。看到长城，学生们欢呼起来，人很快四散开，有的拍照，有的坐在石头上画起来，有的边看边在本子上记着什么。开田正要给几个学生讲讲当初谭老伯给他说的那些东西，忽听麻老四在背后高声叫道：旷开田，你过来！开田闻声一怔，扭身走过去问：四哥，有事？麻老四冷笑道：我这会儿才明白，你小子是借领这些人来看这道石墙，让他们食宿在你家，你好赚钱！狗日的，我问你几次，你都不说真话，一心要吃独食！你他娘的跟我还是邻居，你还有没有点邻居味？开田见他这样说，知道已瞒不过去，就笑道：四哥，你知道我因为锄草剂的事欠了大伙的钱，不想法子能行？你家财万贯的，伸出个指头比我的腰都粗，还在乎这点小钱？麻老四气哼哼地叫：明给你说，老子也要这样做，你别想再吃独食！说罢，扭身就走。开田心里暗道：只怕你小子这会儿动手已经晚了。

这批学生总共在楚王庄停了四天。开田和暖暖得了将近一万块钱，扣去各项开支，剩有七千来块，这使他们迅速还上了因盖房子而欠下的那部分款。这次接待，金钱上的收入固然重要，更重要的是让他们坚信了自己扩大楚地居客栈是对的。更让他们高兴和意外的是，那批学生走后的第三天，又有十六个山东的年轻大学生来了。山东的大学生刚走，河北保定又来了十二个学生。保定的学生还没走，开封又来了十一个。开封的那些学生那天由湖边上岸时，麻老四上前拦住说：我家也可以食宿，欢迎到我家去住。那几个学生先到了他家，原已准备住下，可一看旁边有家楚地居客栈，进去一看，房子是新的，地面、床、被褥和桌子都很干净，立马就又要住到楚地居客栈里来。直把麻老四气得吹胡子瞪眼睛，可终究也不敢拦。

这几批客人走后的一个晚上，暖暖对开田说：咱们该做一件事了。开田一愣，问：啥事？暖暖道：好好想想。开田搔着头发想了一阵，也终是没想出来。暖暖叹口气说：该去帮帮青葱嫂了，咱们当初欠人家的赔款，人家可是一分没要，咱现在手上宽裕了，不能忘了人家。

春天是越来越向深处走了，楚王庄的村边、湖畔、山坡和田埂上，青草绿得格外喜人，各样野花开得也越发惹眼了。提着竹篮拉着丹根去菜地里割头茬韭菜的暖暖，走在田埂上看着满眼的野花，心情越发好起来。好日子还在后头！她对自己说。我们现在已有了楚地居这份资产，还能赚不来钱？妈，这是啥？在前边摇摇晃晃跑着的丹根，在田埂边揪了一串花问。喇叭花，孩子，这叫喇叭花。它可以干啥用？丹根瞪大了眼睛。它是让咱种庄稼人看的。种庄稼的人看了能有啥用处？看了就能心情好，小宝贝。心情好了能干啥？丹根瞪着妈妈继续问。心情好了就能——暖暖被儿子问得没了词，于是就弯下腰低了头，猛朝儿子的脸蛋上亲了一口道：心情好了就想亲你呀！边说边就胳肢起儿子的痒处来，母子俩于是就抱在一起笑成了一团……

由于要不断接待来看楚长城的游客，需要大量的青菜，所以暖暖就说服开田把湖边的这块庄稼地改成了菜地，种上了茄子、韭菜、西红柿、菜豆角、苋菜、芹菜、小白菜、菠菜、黄瓜等十几种蔬菜。开田种菜的本领虽没有种粮高，但因了这湖边的土地特肥，各样蔬菜的长势倒也喜人。暖暖今天就是来割头茬韭菜的，昨天又来了一伙山东的游客，游客们提出吃韭菜鸡蛋大包子，暖暖想前晌割了韭菜收拾好馅，后晌就让青葱嫂她们给客人蒸包子。

进了菜地，暖暖交代丹根站在田埂上玩，自己就下了菜畦割起韭菜来。头刀春韭异常鲜嫩，镰刀刃割断韭菜后，一股略带一点辣味的青鲜之气立时沁满了暖暖的鼻孔。她麻利地从割下的韭菜里抽出一棵最嫩的，掐去根和梢，转朝儿子叫道：丹根，来，尝尝。丹根闻唤跑到妈妈的身前，张大了嘴朝妈妈伸去。丹根嚼了几下，辣得他伸出了沾满青色汁液的舌头，惹得暖暖立时笑了起来，紧忙伸嘴将儿子舌上的韭菜汁吸到了自己嘴里。

太阳正在悠然地向高处走，天蓝得和清澈的湖水近似，几只鸟儿从地头的草丛里腾起，欢叫着直朝湖边的芭茅丛里飞去。暖暖把天上的鸟儿指给儿子看，自己随即又转身麻利地割起韭菜来。今天，是她许久以来脸上笑纹最多的一天。

割完一畦韭菜暖暖折回身时，忽然看见詹石磴站在自家地头，脸上的笑容顿时像受惊的鸟一样飞走了。她装着没有看见他，低了头继续去割韭菜，但手上的动作显然变迟钝了。嘿，见面怎么连个招呼也不打呀！詹石磴这时带了笑开口道。暖暖听了依旧没有抬头，只照样割着自己的韭菜。倒是丹根这时走到暖暖的身边叫道：妈，有人喊你。暖暖这才停下镰刀，抬头朝詹石磴冷冷道：站这儿干啥？

到底是有钱了，口气大多了！詹石磴煞有介事地感叹道。暖暖呐，你过去见我时说话可不是这个样子。

暖暖恨恨地瞪他一眼：你要没事就赶紧走开，我可没有工夫跟你闲磨牙，我要干活了。

事情嘛，倒也没有大事，就是想来告诉你两桩事，一个，是想你，特别是——

你要再胡说我可敢用镰刀砍你！暖暖立了眉猛把镰刀砍到了面前的土里。

好，好，咱不说这个。詹石磴眯眼笑了一下，咱说另一桩事，你家靠着让去看石墙的城里人住宿，已经赚了不少钱。我打算对今后来到咱楚王庄的游客，实行分配住宿制，把他们分去各家住，好让其他人家也来赚点钱，实现共同富裕，如何？

暖暖的心里一沉，带了恨意说：你又想主意来难为俺们了！俺们赚这点钱容易吗？俺们要不这样做，欠人家的钱啥时能还上？

唉，谁让我是主任呢，当主任就得为全村人着想呀，上边不是说让所有人都富起来么？好事不能都让你一家去干哪。

那你也不能强着把游客分到各户食宿呀，人家游客愿住谁家就住谁家才对。

这道理你应该早给我讲讲，说实话，我是天天盼着见你哩。詹石磴眉眼都笑到了一起：在这楚王庄，我天天想见的人其实只有你，你那双奶子让我——

丹根，咱们走！暖暖知道他接下来还会说什么，拉起丹根的手，提了菜篮就怒冲冲地走了。走出好远之后，她才发现自己一只手里还紧攥着镰刀。狗东西，真想一刀砍了你！砍死你才解气！老天爷呀，你要是有眼，你就让这个做了坏事的人掉到湖里去！

施主忙呐。一声招呼猛在一旁响起，暖暖闻声抬起脸来，才见是凌岩寺里的天心师傅提一只小桶站在路边。暖暖忙鞠躬问候道：师傅好，你这是——

去丹湖放生。天心师傅指了指手中的小桶：每年寺里都要做几回放生的事，这是本寺先辈师傅们传下的规矩。

我帮你提桶吧。暖暖按下心中的不快，松开丹根的手上前要去帮忙。天心师傅忙摇头说：不用，就到湖边了，让老衲把事情做到底，心里才安生。说着，就头前走了。因为前边回村的路紧靠着湖岸，暖暖就拉着丹根跟在天心师傅身后走。到了湖边，只见天心师傅双膝朝着湖水跪下，双手合十放在胸前默念了一阵什么经文，然后伸手去小桶里捞起几尾不大的草鱼和一只小甲鱼放进了水里。

鱼，是鱼，妈！丹根这时欢喜地喊着跑到了天心师傅身边。

暖暖慌得想去拉住儿子，不想天心师傅已转身抱住了丹根，边看着那些放生的鱼儿在水中游远边轻拍着丹根的肩说：孩子，它们是鱼，可在佛家人的眼里，它们也和咱们人一样，是活物，是生灵，我们无权取走它们的生命。丹根哪能听懂这些话，只是说：我外爷会捉住它们的，我外爷会下网逮鱼。暖暖听了这话脸上有些尴尬，天心师傅在起身时注意到了暖暖的神色，淡淡笑道：人入佛门和人在俗界，要求是不一样的。我们出家人做我们该做的事，你们可以做你们该做的事，两界中人可以互不相扰，你不必心中不安。

暖暖有些感动，忙把丹根拉到身边说：快给爷爷鞠躬。小丹根照妈妈的吩咐，胡乱地鞠了一躬。天心师傅笑着拍拍小丹根的头，而后抱拳道：老衲告辞回寺了。就在天心师傅转身的那一刻，暖暖忽然冲动地叫道：老师傅，有一句话不知当不当问？

佛家人主张，有疑即问，方能渐趋明朗之境。

你说人要是生出了憎恨之心可咋着办呢？

佛家人讲的是慈悲为怀，很少去说到憎恨，不过你今天既是问了，我就随便说说。天心师傅捻着手中的佛珠，声音缓慢：人的心里，在平常日子，是没有恨意这种东西的，有的只是对生活的某种期盼。可只要自己的身子、名誉和利益受到了别人的伤害，尤其是自己无错而对方有意地伤害，恨意就会生出来。在人心里的恨意中，憎恨是最重的一种，它通常是人感到自己受到了最厉害的伤害之后才会滋生。人心里的恨意，不管是哪一种，都会随着日子的来去慢慢变淡，可这种憎恨，变淡的速度很慢很慢。而且它常常会促使人去动手。

动手？暖暖的眼瞪大了。

对，就是报复，被伤害的人要让伤害自己的人也生出痛苦，报复不了伤害者本人，就报复他的家人亲友，甚至他的邻居和完全无辜的人。天下很多让人痛心的事，就是在憎恨的驱使下生出来的。正是因为这样，佛界中人把憎恨看作很可怕的东西，看作尔等俗世中人的最大威胁。我等僧众常念的经文中，就有祈求佛祖驱除世人心中憎恨的内容。

佛祖能么？暖暖问。

佛祖肯定会尽力。不过佛家讲的是人人可以修行，可以动手拔除自己心中的憎恨。施主何以忽然问起这个来？

我只是随便问问，暖暖努力一笑，请师傅随我去家里吃午饭吧。

谢了，老衲回寺了。天心师傅抱拳一揖，就转身走了。直到天心师傅走出很远，暖暖还拉着丹根站在原地。佛祖，我感到我的心中已生出了憎恨，请帮我把它拔除吧……

暖暖知道詹石磴一向说话算话，怕他真的把来看楚长城的人都强行分到各户，所以当晚就忙把詹石磴的话说给了开田。开田听罢也是一惊，忙问暖暖：咱们咋办？暖暖沉吟了一阵之后，说：我估计他这是在变着法子催咱给他进贡哩，听说村里的胡大头每酿出一缸黄酒，都要先给他送一壶；詹国立每杀一头牛都要给他送十来斤牛肉；黑豆叔每卖出一批中药材都要给他送几条烟。咱接待了这么多客人，不给他上供他能心里高兴？罢了，咱破钱消灾，就也去给他送点钱吧。送多少？开田有些心疼。五百吧，他那胃口，送少了恐怕不行。开田只好用写春联的红纸包了五百块钱，另外又抱了一箱原准备卖给游客们喝的卧龙白酒，去了詹石磴家。

和詹石磴有了这个约定之后，暖暖和开田的心算暂时安定了，接下来最让暖暖操心的，就是咋样才能让来看楚长城的人在自己的客栈里住的时间长一些。眼下来的游客，多不是对楚长城有研究兴趣的人，他们一般是后晌到，在客栈住下，第二天上山看一天长城，晚上下山再住一晚，第三天早饭后就走了，一共是两个晚上五顿饭。要是让每拨客人都能住上四个晚上，那赚的钱就能翻一倍了。暖暖于是就苦想留客的办法，她最先想出的点子是让游客们去看凌岩寺。凌岩寺离楚王庄不远，建筑规模又很大，除了寺内的殿堂壁画及和尚们念经做佛事的场面可看之外，还有为圆寂的大德高僧们建的塔林，有双珠山泉，有千亩竹林。如果游客们去游览一遍，也差不多得用一天时间。开田却有些担心，说：寺院到处都有，人家未必就愿去看。暖暖道：这就要靠咱的嘴了，咱得把游客们的心说动。开田摆手道：我可没这个本领。暖暖说：那我就来试试。

不久，就有一拨游客来看楚长城，客人们看罢长城回到楚地居吃饭时，暖暖就向他们说道：俺们这儿还有一处地方值得一看，那就是建于唐代的凌岩寺，离我们楚王庄也就三里远。这座寺是公元700年间修的，距离楚长城的修建已经是千余年了。看罢楚长城再看凌岩寺，你会觉得我们的先祖真是不得了，修工事一修修出一条长城，修寺庙一修修出那样多的殿宇。看楚长城你看的是一种气魄；看凌岩寺你会看出一种精致来。这寺院一千多年来几毁几建，但只要它在，香火就一直很盛。在这儿拜佛祈愿最灵，丹湖西岸的人有句话叫：凌岩寺里烧炷香，家财人丁两兴旺……游客们被暖暖说得心动了，都表示愿去寺里看看。连站在一旁听的开田也有些意外，低声对暖暖道：没想到你的嘴变厉害了，说起来头头是道。暖暖笑着说：咱如今既是干了这一行，就得学着练练嘴，告诉你，为了说这些话，我可是看了几本书哩。

第二天早饭后，暖暖就带着那帮游客往寺里去了。在寺院门口，刚好碰见天心师傅，暖暖就忙上前鞠了一躬说：师傅，有一帮游客想进寺里看看，不会打扰你们吧？那天心师傅回了一礼说：哪能说到打扰？佛祖要超度众生，正期望着人们都能来到他的面前，快请进吧……那天，游客们先是被寺院里的恢宏建筑和精美壁画吸引住，后又新奇地看着僧人们做佛事的肃穆场景，最后又在寺院四周的参天古木、千顷修竹、百座塔林间饶有兴味地穿行，听蝉鸣鸟啼、泉水叮咚，直玩到头黑才回返。

这是一个很好的开头。

但遗憾的是，来去寺里看一趟也就一天时间，并不能使游客们停留太久。要继续想法子才好。那天，游客们走空后，暖暖边打扫院子边琢磨这事时，只见自己的爹提着两条鲤鱼来了，老人进院就对丹根喊：根呀，姥爷给你送鱼来了。暖暖忙迎上去接了鱼给爹让座，说：这鱼留下你和娘吃吧，丹根还能没好吃的？老人笑道：我昨天下湖，因是顺风下网，不知不觉中竟把船摇进了湖心三角迷魂区。我一看航标，慌得急忙向外摇，没想到就在这当儿，那带烟火味的烟雾出来了，罩得我的两眼连船头都看不清。我就闭上眼不变方向直劲摇船，还好，没出意外，很快就把船摇了出来。这两条鱼就是我从烟雾里摇出船后打到的，我想，这鱼和我往日打到的鱼不太一样，就带来让咱丹根尝尝吧。暖暖一听爹这话，心头不由一动：烟雾？三角迷魂区？对，可以带游客们去湖中心看看那奇怪的烟雾，管它是什么原因造成的，只要能延长游客们在咱家的居住时间就成！暖暖给爹把自己的想法说了，老人一听也来了兴趣，说，对呀，到湖中看看那烟雾，来回走慢点差不多得一天哩。老人自然明白客人们在楚地居客栈住的时间越长，女儿女婿赚的钱才会越多。

暖暖喊来在后院忙活的开田，眉飞色舞地说：待游客们看完楚长城和凌岩寺要走时，再告诉他们丹湖里有个迷魂区，能看见一种奇怪的烟雾，并且在这烟雾里能看见自己想要想看的东西。我想，游客们听了这话，没有几个人不愿去看看。

这倒是一个留客的法子，只是坐谁家的船去？咱哪有船？开田搔着头发。

就坐爹的船吧，把爹的渔船改作游船。暖暖说得很干脆。

啥？老人一怔：我不打鱼了？

打鱼能赚多少钱？一天累得要死，最多也就是二十来斤鱼，咱要是载人去游湖中三角区，每人每次最少要他十块钱，咱那船收拾一下坐十二个人没有问题，十二个人一趟就是一百二十元呐！游客多时，一天跑两趟你说能赚多少钱？

这……倒也在理。老人点着头：你们看着办吧。

咱说干就干，明天开田就去聚香街上买点漆，把船重漆一遍，弄得新崭崭的，再在船上固定十二个小凳子，把舱盖也再换成新的，待下一拨游客来，咱就试一回，行吧？

老人犹豫了一阵，算是把头点了。站在一旁的开田还是有些担心，说：万一没人去看呢？

干啥事不冒点险能成？咱当初盖楚地居客栈时不是也冒着险？暖暖拍拍开田的肩膀算是把事情定了。第二天她就催开田去买漆买其他什物收拾自家的那条渔船。十来天之后，那条原来看上去破破烂烂的渔船，便被开田油漆一新，改造成了一条颇像样的游船，船上固定了十二个凳子，每个凳子上还有一条安全带。

大约半月之后，从徐州来了一伙看楚长城的游客，总共 21 个人。暖暖照过去的办法，先安排他们在客栈住了一夜，第二天带他们上山看长城，第三天领他们看凌岩寺。第三天的傍晚，暖暖给他们说了看湖中迷魂区烟雾的事，为了引起客人们看迷魂区的兴致，暖暖说得极有诱惑力：俺们这儿还有一景，你们要是不看那可是遗憾。在我们的丹湖里，有个不大的三角区，在那儿经常可以看到一种奇怪的烟雾，坐船去近处看那烟雾，能在那烟雾里看见自己心里想要的东西；倘是不小心进入了那烟雾里，会晕眩会迷魂会有危险降临……那些人本来多不相信会有这样一个地方，后见暖暖说得认真，就都半信半疑地表示愿去看看。第四天早饭后，暖暖和开田便带他们到了湖边。每人自动交了十元钱。之后，暖暖就带着十二个人先上了船。

那一天湖里风平浪静，天上的太阳也晶光澄亮，水面上的能见度很好。暖暖爹坐在船尾，稳稳地驾着游船。暖暖站在船头，一边给游人们介绍着四周小岛的名字，一边禁不住有些担心：游人们会感兴趣?

船到了湖心三角区外停下，暖暖刚说了一句：我们前两天看的楚长城和凌岩寺，是人造奇观，我们今天请大家看的是一种自然奇观——她的话音未落，面前原本平静的湖水上突然就有一股白色的烟雾生起并弥漫开来，游客们都瞪大眼惊叫起来：哟……

这烟雾暖暖过去看见过不止一次，可此刻见它毫无预兆地突然升起，心里还是感到了有一种被震慑的惊诧生出来，她的眼睛一眨不眨地盯着看那烟雾变浓升高体积变大，最后，她在那翻腾着的烟雾顶部看到了一大片房子……

房子，这说明我心里还想要房子。暖暖喃喃道……

当楚家的这条被改装的游船向岸边返回的时候，船上的游客们一直在议论纷纷，每个人的脸上都满是惊异和兴奋。船靠岸那刻，岸上的游客忙走到水边，大声地问着船上的人：喂，看到了吗？船上就有人应道：看到了！那烟雾真是奇了，硬是从水面上一股一股生起，而且能看见烟雾里还有各种景致……

第二批游客是两天后来的，这一批有十几个人。当这批游客再上山看楚长城时，詹石磴没有再说要修路封路的话，而是让买了门票上去。这批游客是让麻老四带上山的，暖暖只把他们送到路口，看着他们买了票进了栅栏门后就转了身。詹石磴，认输了吧？你还有啥子招数？！暖暖刚在心里这样高兴，忽听背后传来了詹石磴的声音：那是楚地居的女老板吗？暖暖闻声扭头，看见詹石磴正从售票的棚子里走出来，便故意平静了声音问：有事？

也没有什么大事。詹石磴干笑着：就是想告诉你，为了保护楚长城，也为了育林保持水土，这整座后山很快就要封了。封山之后，若有人再上山，不管他走的哪条路，都要受到惩处！暖暖脸上的那丝笑意倏然间飞走，身子不自主地一抖。她知道一旦上边真的下了封山令，那游客们就确实看不成楚长城了。詹石磴，你下手可是真够狠的！

以后再有游客们来，就领他们去看看凌岩寺和湖心的烟雾吧。詹石磴幸灾乐祸却又替对方着想似的说。

那倒也是。暖暖让自己的声音努力保持平静，可她的心已经一片纷乱，她明白，一旦没有了楚长城这个景点，游客势必会大幅减少。她转身往回走时，两条腿分明有些摇晃起来……

暖暖到家就把开田叫过来商量对策，两个人商量到最后也没个主意。封山育林符合上边的政策，你提出来反对没有道理。最后是开田说：要不，咱给北京的谭老伯去个信，让他帮咱想个主意？暖暖想了想后把头点点：行，你这就去写信，把咱遇到的这事写仔细，后晌你就去聚香街上把信发出去！

信发出去十来天没见动静，暖暖真是心急如焚。这期间，詹石磴已派人做好了十几块木板放在村委会大门前，每块木板上都用红漆写了大大的四个字"封山育林"，一旦这些木板在后山根一竖，这后山就算封了。快一点，谭老伯，你还没收到信么？你不是有了病吧？

这天旷家人正吃午饭，门外忽然响起了一个熟悉的声音：开田和暖暖在吗？暖暖和开田闻声扭头时，只见是谭文博老人领着两个干部模样的男子走进了院子。谭老伯！暖暖和开田高兴至极地迎上前去。

嗬，你们家可是大变样了，又添了这么多的房子，能干，真是能干！谭老伯笑看着楚地居里的新房子，连声赞道。

这还不是你教给俺们的法子，从游客那儿挣点钱。暖暖边笑边让着座。

我来介绍一下。谭老伯指着随他来的那两个男子：这是省文化厅的老曹，这位是县文化局的小赵，他们过去都悄悄来看过楚长城，对我的考察工作也给了不少支持。随后又指着暖暖和开田对老曹他们说：这就是我给你们说过的那小两口，我几次来，都是住在他们这儿。

那两个人就同开田和暖暖客气地握手。那个老曹坐下后说：你们写给谭老的信我和小赵都看了，我们这次陪着谭老来，就是想就保护楚长城的事同你们商量。眼下，国家还没钱对楚长城进行修复，但保护的事应该现在就做。怎么保护？封山不准人上去是一种法子，但是个笨法子。游人们听说这儿有一座楚长城，来看看，不是坏事，石头砌的城墙，看是看不坏的。再说，人们看了后，会加深对楚文化的理解，会增进对我们古老国家的热爱，有什么不好？

对呀，可俺们村主任詹石磴坚持着要封山。暖暖气极地说。

但游览楚长城的事若完全放任，没有人管，任由人们在长城上爬上爬下，造成石块掉下和城墙倒塌，那就不行了。老曹又紧跟着说，必须想一个两全其美的法子。

我倒有一个想法，谭老伯开口道，最好是成立一个旅游公司，把楚长城旅游的事管起来，谁看谁买门票，收入一分为二，一半归公司，一半交县上文化局以积累起来做将来的修复和保护经费。这个公司里应该有经理，有导游员，有看护长城的保安人员，有保洁工，有卖门票的。

好主意。一直沉默着的小赵点头。

谁来办这样一个公司？老曹问。这楚王庄的村委会愿成立这样一个公司么？

村里要不愿办，俺们办！暖暖这时急忙接口，跟着朝开田使了个眼色。开田见状也赶紧表态说：对，俺们办。好，你们有这态度就行了。老曹站起身，我们这就去见你们的支书和主任。

俺们支书有病卧床，不管事，只有主任说一不二。暖暖介绍道。

那就见见你们的主任。

是暖暖领着谭老伯和老曹及小赵去村委会的，她预感到这是一个机会，如果詹石磴不愿办那样一个公司，自己就干。如果他愿干，咱就只挣食宿费。

和暖暖的猜想一致，詹石磴一听说不让他封山就很不高兴，只是碍着老曹和小赵的身份他才没有发作，及至听到要他办旅游公司还要交一半门票钱的事，脸拉得就更长了。他冷冷地回绝道：办个公司是容易的？收入就那点门票钱，你们还要拿走一半，我们能落下几个钱？来这西岸的游客能有多少？要是一个月只来一百人咋办？一张门票十块钱，总收入也就一千块，扣掉给导游员、保洁工、卖票员和看护长城的人发的工钱，你们再拿走一半，我们村委会不是白干了？

干这件事不能仅仅着眼钱，还要想到这是保护先人的文化遗产。谭老伯这时接口道。

你是站着说话不腰疼，没有钱赚俺们农民咋样吃饭？国家要不给你发退休金你还能这样悠闲？还能从北京跑到俺们这儿来研究长城？詹石磴知道对方只是个退休的研究员，所以说话就特别不客气。

你们村委会要是干着觉得困难，就罢了，让别人干吧。

老曹斩钉截铁地挥了一下手，他对詹石磴的态度显然不满意。

谁会去干？谁有那样傻！詹石磴不屑地看定老曹。俺，俺们老旷家愿干！暖暖突然开口。詹石磴转眼恨恨地瞪着暖暖，半晌无声，之后才冷笑道：你愿干就去干吧。

小赵，这件事就这样定了。老曹转身对小赵说：你以县文化局的名义先和暖暖家签一个意向合同，待她家的公司正式成立后，你们双方再签一份正式合同！

行……

暖暖那天往回走时，心里满是欢喜。她当然知道，光靠卖游览楚长城的门票，自己是赚不了钱的，可有了这项经营的权利，詹石磴就不能再为难自己，就可以引来更多的游客，就能依靠楚地居来赚钱，加上领游客看凌岩寺和湖心三角区这些游览项目，收入应该是不错的。当天晚上，暖暖温了黄酒，做了一桌子菜来款待谭老伯、老曹和小赵。谭老伯端起酒碗之后，肃穆地说：开田、暖暖，今天小赵和你们把这意向合同一签，就等于把这座尚未引起世人注意的楚长城交由你们保护了。尽管这长城的建起年代目前在考古界还有争执，但它是我们先人留下的一份遗产这事，已确凿无疑。这就使你们这个地方具有了让他人来看的价值。你们两口子可要记住，在靠它吸引游客来赚钱的时候，一定要保护好它，不能让它再被损坏，不然，你们可就是先人的不肖子孙了！

这你放心，谭老伯。暖暖把手上的酒碗在桌上放下，也庄重地表态：俺家的日子能够转好，和这先人留下的楚长城也有好大关系，俺们对它，还真有点感情，我和开田肯定会全力保护好它……

老曹和小赵是第二天走的，谭老伯在楚王庄又住了五天。五天里，老人天天都上山去看长城。暖暖想让开田一直陪着老人，可老人不让，老人说上山的路我都已熟悉，每天又都有上山看长城的人，我跟着他们走就是，你们抓紧去办你们的公司。暖暖那些天就抓紧办公司注册的事。老人临走的那天，暖暖说：谭老伯，俺们这几天在乡上和县里跑了一遍，公司注册的事办得快有眉目了。当初这楚地居是你给起的名，你再给俺们的公司起个名吧。老人想了一阵，拿起笔在一张纸上唰唰写道：南水美景旅游公司。开田看不甚明白，问：南水是啥意思？暖暖急忙笑着接口：咱丹湖水要调往北方，北方人自然把这水叫南水了。开田这才点头说：对，对，咱的公司就是管南水美景的游览事的，叫这个名字最贴切！

老人回东岸坐的船是开田亲自驾的，暖暖直送到岸边。在岸边告别时，老人对暖暖说：河北省里有个村子叫守陵村，很多年里，那个村里没有一个人能说出他们的村子为何起这样一个名字，直到有一天在他们的村后发现了汉朝刘胜的陵墓之后，人们才明白了原因。你们的村子为何起名为楚王庄，也没人说得清楚，是因为村里有姓楚姓王的人家？似乎不像，你们村里的老人回忆说，一直没听说过村里住过姓王的人家。这就让我也产生了一些联想。

暖暖听得糊里糊涂，不知谭老伯这是想说啥。

也许，还有一些有关楚国的秘密就藏在你们的村里。

是么？暖暖惊奇了，会有一些什么秘密？

老人笑起来：这只是我的一点猜测，我要是知道了，还能不告诉你？……

暖暖那天先是看着老人所坐的船渐行渐远，随后扭头去看湖岸、村子和后山，在心里默然自语着：真的会有关于楚国的秘密藏在俺的村子里？……

旷家的南水美景旅游公司是半个月后正式成立的。公司的标牌就挂在楚地居的门前。挂牌的那天早上，暖暖对开田说：为了图个喜庆也为了有个动静，你去买几挂鞭炮，待会儿在门前放了。开田忙点头说：中！

鞭炮声把楚王庄不少大人娃娃引了过来。人们都很稀奇地看着那个白底红字的标牌，不识字的五奶奶拄着拐杖不解地问开田：你狗日的在门前挂个牌牌是玩啥名堂？开田急忙解释：我是在办公司。办公司有啥好处？挣钱呐。开田答。办母司就不能挣钱了？五奶奶很不高兴，没有你娘能有你么？嗨，不是说的这个！开田急得脸都红了。众人都笑起来，暖暖赶忙上前把五奶奶搀进了院里……

公司注册时经理写的是开田的名，但实际上公司里的一应事务，都是暖暖在办着。公司成立的那天晚上，暖暖上床后一本正经地对开田说：你现在已是南水美景旅游公司的经理了，你说说咱公司下一步该办些啥事？开田手攥住暖暖的奶子嬉笑着说：我是个不愿操心的人，除了夜里咱俩在床上的事由我说了算，其他的事都还由你说了算，咱听你的。暖暖用手指捣了一下开田的额头，嗔道：没羞！

暖暖把公司里的事分成四摊：一摊是管导游，让麻老四当头，负责带着客人去看楚长城、看湖水、看湖心区、看凌岩寺；一摊是管船，让九鼎当头，负责去东岸接送客人，负责用船送客人去游览的地方；一摊是管客人吃住，由青葱嫂当头，负责做饭烧水安排住宿；一摊是管钱，由开田亲自管，包括出售楚长城的门票、游览船票，收缴导游费和食宿费，等等。暖暖同麻老四、九鼎和青葱嫂讲定，眼下每人每月的工钱是四百五十块，以后根据业绩再决定升降。由于分工明确，待遇不错，三个人都干得很起劲，公司很快就运转了起来。

暖暖让村里的木匠新做了一块大木牌，刷上白漆后找人在上边用红漆写了一行大字：南水美景旅游公司欢迎你去西岸看美景！然后让驾船去东岸接客人的九鼎和黑豆叔，把牌子运到东岸竖了起来。看到有正规的旅游公司接待，更多的游客愿意到西岸来，楚地居里几乎每天都住得满满的。游客一多，公司挣的钱自然就多了，开田每天晚上数钱时都是眉开眼笑的。他有时会边数边高兴地叫起来：天爷呀，根他娘，照这样子挣法，咱们晚点得专门盖一间装钱的屋子了！暖暖也忍不住笑了：要盖你就盖两间，一间装十块钱以上的大票子，一间装十块钱以下的小票子……

秋收的日子在楚地居热闹的迎来送往中，悄然间来到了丹湖西岸。楚王庄的人们早晨下地一看，只见湖畔地里的玉米棒子撑开了苞叶，绿豆角也大都变黑，大个的红薯拱出了地皮，棉桃也猛然间白了一地，辣椒田里的辣椒全变得红艳艳的，这一切都在提醒人们，又该秋收了。暖暖知道来公司打工的村里人家里都种着庄稼，便安排人们轮流着错开时间回家秋收。这天早晨，家里住着的游客们刚刚起床，开田和暖暖就吃了饭下地了。两口子想在午饭前把湖畔那块地里的玉米棒子全掰完。两个人正干着，麻老四领着二十几个吃过早饭的游客去凌岩寺游览经过地头。麻老四站住脚同开田开着玩笑：老弟，掰棒子时可得小心，甭让上边的棒子砸住了你下边的棒子，那可划算不着！开田闻言，抡起一个棒子就朝麻老四的裤裆里扔去，边扔边叫：我这就让两个棒子碰碰。麻老四急忙闪开身子。他俩这一闹，让游客们认出了原来是公司里的老板和老板娘在掰玉米，人们也都停下了步子。这伙游客是北京中关村一家电脑公司的人，平日里难得见掰玉米的劳动场面，这时见了就感觉新鲜，就有人提出照一张掰玉米的照片，暖暖高兴地答应道：照呗，怎么照都行！于是人们纷纷下到地里，一个人掰着一个人照，只听相机咔咔地响，玉米噗噗地被掰着。跟着又有人提出：我们掰下的玉米可以带走留个纪念吗？暖暖心里一动，忙点头说：

行，谁掰的愿拿走就拿走，只是每个棒子收一块钱！成！游人们高兴起来，大家都不在乎几块钱，就连续掰着，想找那种最大的棒子留作纪念，最后，差不多每个人都带了两个棒子走，最多的一下子带走了六个。这样，光卖棒子，开田这个早晨就卖出了近百块钱。待游客们离开玉米地向凌岩寺走时，开田高兴地对暖暖说：我现在相信了那句话，人越有钱赚钱越容易。想当初咱要赚个一块钱都难，如今一个早上不动不摇就把百十块钱弄到手了！暖暖那阵子沉思着说：你从这件事里看出了别的东西没有？啥？还能看出啥？开田没听明白。

咱们还可以开展一个旅游项目！

哦？

观光秋收。暖暖笑着拍了一下腿：咱们楚王庄的人年年秋收只觉到了累，可这些大城市里的人见了秋收却觉着新鲜。咱们就带他们到绿豆地里摘绿豆，到辣椒地里摘辣椒，到红薯地里挖红薯，到棉花地里摘棉花，到花椒地里采花椒，愿干多少时间都成，愿带走多少只要交钱都行。这样一来，就可以延长游客们在咱家食宿的时间，咱赚的钱就会更多。

好呀，又是一条赚钱的路子！我老婆可是真聪明！开田高兴得上前就朝暖暖亲了一口。暖暖急忙把他推开瞪他一眼：让别人看见！随后又沉思着说：这让我想起了我在北京打工时听到的采摘园的事。

采摘园？啥叫采摘园？

就是园子里种的东西，全是为了让城里的游客来采摘，是北京郊区的农村人赚城里游客钱的一个法子。

嗬，还有这种赚钱的点子？开田惊奇了，园子里都种些啥？

我也没去看过，打工的哪有心去看这个？不过这猜也猜得出来，无非是些蔬菜和水果，蔬菜类的有茄子、黄瓜、南瓜、西红柿等；水果类的有葡萄、蜜桃、鸭梨、苹果等。整天圈在城里的人，到园子里采摘这些东西会觉着新鲜。我想着，日后咱们楚王庄要也能有这样的采摘园，就又是一个吸引游客的法子。

那咱们明年春天在自家的责任地里，先弄一个这样的园子试试。开田捋了捋袖子。

中！试试……

## 名家点评

周大新的《湖光山色》的意义就在于，小说所构建的田园乌托邦为乡村写作开辟了一道亮丽的风景。作者为我们提供了一种新的可能性，他从物质与精神的矛盾入手超越城乡冲突的思路，也就使他心中的乌托邦连接到了未来前景的通道上。尽管《湖光山色》不是在为我们描绘社会主义新农村的图景，但作者在小说中所传达出的精神却肯定是社会主义新农村不可缺少的内容。

**文学评论家　贺绍俊**

在这个结构严密充满悲情和暖意的小说中，周大新以他对中国乡村生活的独特理解，既书写了乡村表层生活的巨大变迁和当代气息，同时也发现了中国乡村深层结构的坚固和蜕变的艰难。因此，这是一个平民作家对中原乡村如归故里般的一次亲近和拥抱，是一个理想主义者对乡村变革发自内心的渴望和期待，是一个有识见的作家洞穿历史后对今天诗意的祈祷和愿望。

**文学评论家　孟繁华**

**周大新创作谈：**

写这部书，既是为了安慰儿子的灵魂，也是为了安慰我自己。同时呢，也安慰了很多和我命运相似的人的灵魂。这部作品与过去的作品有很大的不同，过去的作品，写的都是关于人怎样活着的问题，写的都是怎么去追求幸福，怎么把生活过好，怎样让人世变得公正公平；这部作品呢，写的是我对死亡的认识。写应该怎样看待死亡——这个人生的结局。我想通过这部作品，把我对死亡的认识和理解，和对抵达人生终点应该持有的态度，传达给读者。

## 长篇

# 安魂（节选）

献给

我英年早逝的儿子周宁

献给

天下所有因疾病和意外灾难而失去儿女的父母

宁儿，爸爸怎么也想不到，从2008年8月3日这天起，就再也见不到你了。

8月3日，这是我们家最黑暗的日子。

从这天开始，你与我们便被彻底地隔开了。爸妈再也看不见你穿着背心在篮球场上打球，再也看不见你穿着毛衣在电脑前上网，再也看不见你穿着羽绒服在雪地上嬉闹，再也看不见你光着膀子靠在床头读书了……

我们和你真的不在一个世界上了！

8月3日，这是我和你妈痛彻心扉的日子。

从这天开始，我们再也听不到你的声音了。再也听不到你在厨房门口的喊叫：爸，开饭！再也听不到你在书房里对我的抱怨：爸真笨，在电脑上就只会打字。再也听不到你同我们常开的玩笑：老爸，老妈，再支援我点钱……

8月3日，这是我和你妈最绝望的日子。

从这天开始，我们再也闻不到你身上的汗味，闻不到你用洗面奶洗脸后发出的香味，闻不到你身上特有的那种掺点茶香的体味。再也揉不到你的头发，再也抚不到你的肩膀，再也拍不到你的后背。再也不能指望你帮我们搬沙发、买大米、挪花盆、拎提箱……

生死界河，已永远地把我们分开了。

上天为何要将一个二十九岁的生命决绝地拖走？

我们没有做过任何该遭惩罚的事。

凭什么要给我们这样的回报？！

这有违常理！

这不公平！

爸爸，平静下来，接受事实吧。我已经离开了人间，再也回不到你和妈妈的身旁，事实无法更改了。你要让自己尽快接受这个结果，你的心智必须适应我已不在的现实。你和妈妈要慢慢把对我的感情往回收，要改变原来的生活期待，学会在筹划生活时别再把我算进去。不能总是伤心、抱怨、难受，那对你和妈妈的健康无益。医学已经发现，过度悲伤会增加患心脏病和心肌梗死的危险，你和妈妈要警惕。人生就是一个向死的过程，我的人生过程不过是缩短些罢了。缩短些也不一定就是坏事，你想想，假若我再多活几十年，你尝过的那些生存压力之苦、撑持家庭之苦、人生奋斗之苦我不也要去一一品尝？少尝一点人生之苦又有何不好？你可以这样想：另一个世界也需要年轻人，让我儿子早点过去是天国之神的一种眷顾。如此想你可能就会好受点。人们面对自己的亲人死亡时，不难受的几乎没有，能想通的很少，抱怨造物主的也有很多，但他们最后都不得不平心静气。这是因为，大家最终都承认，造物主在死亡这个问题上真正做到了公平，他不收任何人的贿赂，不徇任何私情，不给任何人额外照顾，不让任何人的细胞端粒完全停止变短，没有让任何人免死，大家的结局都完全一样。不同的只是谁早到终点谁晚到终点。既然都要到终点，晚到终点就一定比早到终点好？同一代的人可能还彼此比比谁早到谁晚到，过几代以后，就没谁关心你到得早还是到得晚了。想开吧，爸爸。你说过你不是有雄心有霸气的男人，不是有权力有势力的男人，不是有钱财有风度的男人，但是一个坚强的男人，你现在就应该坚强起来，撑住我们这个家。在我还很小的时候，你就教我学说“再见”这个词，现在该是我提醒你要对我说“再见”了，爸爸，再见了，请劝告妈妈也对我说“再见”吧，再见了，再见了……

孩子，哪还有再见呀？我能去哪里和你再见？回河南邓州老家？去南阳、西安、郑州你读过书的学校？到山东济南咱们住过的军区大院？还是就在北京万寿路上？不可能了，爸爸、妈妈永远见不到你了，见不到了！明代的吕坤说过：人“呼吸一过，万古无轮回之时；形神一离，千年无再生之我”。

我们这是永别！

没有谁还能让我们再见了……

爸爸，别说得那样绝望。绝望通常都是绝望者自己制造出来的。我和你们在当下的人间是不会见面了，即使我去见你们，你们也不会感知到。但我们见面的空间不会就这一个。科学不是已经发现宇宙有 11 个维度吗？除了时间维度和 3 个空间维度之外，还有 7 个维度。记得有个著名的理论物理学家说过，当我们创造一个场所，使其旋转的速度比光速高出许多之后，我们就可以回到过去，时光隧道是可以存在的。日后那样的场所真要建立起来，我们不就可以再见了？还有，就是天国的存在，你和妈妈不是都听说过有天国有西天极乐世界存在吗？天国和西天极乐世界这两个地方，只是说法上的不同，其实都是指的同一个空间。当有朝一日你们都来到了不同于人间的空间里，我们为什么不能再见面？你一定要坚信，我与你和妈妈只是暂时分别，你把我的离去想象成一次出差，去北美或非洲国家出差，因任务艰巨很长时间不能回来，而且由于环境特殊连电话也不能打，这样想你就不会难受了。

相信吧，我们还有再见的一天……

儿子，我现在常常在想，如果你爷爷奶奶当初不生我那该多好，他们不生我，我不成为人，我不来到人世，这世界上没有我，我不会有意识，我就不会爱，不会娶你妈，就不会生下你，我也就不会失去你，就不会体验这丧子之痛！谁知道失去儿子的痛苦是怎样的吗？那不仅仅是心口疼，那是一种无可言说的疼，是一种难以忍受的空茫之痛，是五脏六腑都在搅呀！

我后悔来到人世上，如果有谁能预先告诉我，我到人世的代价之一，是尝失子之痛，我一定会告诉他：饶了我，我不想来到人世上！我不想！

我不曾选择来这人世上，却又不得不存在于此，还要我尝受如此的苦痛，这是为什么？

爸爸，其实你仔细想想，上天对我们已算不薄，他曾经给过我们很多快乐。我小时候你让我骑到你的脖子上，在屋里跑来跑去，我们父子俩笑得多么开心；过春节的时候，我们一家三口回到爷爷奶奶那里，放鞭炮，喝黄酒，吃饺子，一屋子都是欢乐；我在篮球场上打比赛时投球得分，你为我鼓掌欢呼……一个人、一对父子和一家人能够得到的快乐大概都不是很多，我们已经得到了一些，也许就该满足了。有人说，人生就是三种状态的轮替，一会儿是笑，一会儿是哭，一会儿是哭笑不得。我们笑过，也哭笑不得过，现在轮到哭了，轮到了有什么办法？

爸爸，在我还很小的时候，我就常梦见一个头罩白色丝巾的女人站在我的床头，不说话，也不让我看清她的脸，只是向我招手。因为这个梦反复多次，我就记住了，我记得我还跟你和妈妈说起过它，问你们这是怎么一回事。你们当时笑着说：人的梦境都稀奇古怪，啥样的事都会梦到，没必要放在心上。长大后，再梦见她时，我会用弗洛伊德的释梦理论来安慰自己：可能在自己的潜意识深处，是希望有女人站在自己床头的。但我没想到，当我要启程离开你们远走时，她又一次出现了。她就站在我的床头，对我招手，示意我随她走。在前往另一个世界的途中，始终是她陪在我的身边，是她引领着我，待我抵达冥河岸边时，我才明白，每一个离世的灵魂都有一个头罩白色丝巾的女子相陪，她就是天国之神的使者……她很早就光顾我的梦境，是不是说明还在我很小的时候，我的名字已被圈定，天国之神便派使者跟在了我的身边，就想把我带去另一个世界？我能活到二十九岁，能把远走的日期推迟到2008年8月3日，已经是一个胜利了。

这样想是不是更好一些？

我们得学会安慰自己……

孩子，尽管每个人从出生的那一天起，死也就开始伴随他了，但大多数情况下，天国之神是应该按照年龄顺序派使者来领人的，年长者先走，年小者后行。所以我怎么也没想到，我此生经历的第一次死亡会是你的死亡。在你之前，我还从没亲眼见识过死亡。我爷爷奶奶也就是你祖爷爷祖奶奶死时，我很小，记不太清当时的情景。在你走之前，我也很少想到死，总认为死亡离我还有很远很远的距离，偶尔想到死亡，也是想我自己的死：再活多少年会死？会得什么样的病致死？死后骨灰葬在哪里？而且在我想到自己死亡的时候，心里是有仗恃的，总觉得我有儿子，到我死时，儿子会替我料理一切。可突然间，上天把我从没想过的事情推到了我的眼前，让事情来了个颠倒，让本该先死的我，来面对你的死亡。为何要这样颠倒顺序？上帝，真主，基督，祖师爷，佛祖，老天爷，造物主，天国之神，你们总要给个理由吧？

给个理由呀！

爸爸，世上事情的发生，我们并不都能找到理由。1976年7月28日的唐山和2008年5月12日的汶川，那么多人突然在地震中丧生，理由是什么？印尼和日本沿海那么多人，突然在海啸中丧生，理由又是什么？为何要一次剥夺那么多人的生命？其中有多少婴儿和小学生，他们刚刚来到这个世界上，什么事都还没来得及做，为何又突然将他们的生命收走了？他们为何要遭这种报应？有道理吗？有理由吗？唯一能够给活着的人以安慰的答案就是：上天需要他们，另一个世界需要他们。这世上突然、偶然、意外出现的事情还有很多很多，要不然，谁还去信神灵信宗教？谁还会对造物主保持一份敬畏？人的死亡，大多时候都是突然发生的，就是这种突然性，让我们相信人有命运，让我们对命运的不确定性有了恐惧感。你是搞文学的，知道恐惧感对于人类的重要，要是人类不知道恐惧，那肯定会出现非常可怕的后果。好了，爸爸，别再去追问我走的理由，没有谁会回答你。你应该自己告诉自己，我儿子走是有理由的，理由之一，就是他年轻，另一个世界需要年轻的灵魂去做事情……

庚申

儿子，考虑到你病后靠读《心经》抵抗病魔，和佛家已结下了缘分，你走后我和你妈商量，去丰台请来了一位皈依佛门在家当居士的老奶奶为你诵经超度安魂。她来后就坐在咱家你常坐的那张沙发上，望着窗外的天空，先是无声地诵着经文，随后低声哼唱了起来：

放下你所有的收获，
收回你所有的期待，
忘掉你所有的失去，
抛开你所有的不快。

记住爱你的亲人，
感激帮你的邻居，
向你的朋友作揖，
跪谢养你的土地。

安息，将不舍扔开，

安息，把不甘丢弃，

安息，将不满消掉，

安息，把不安抹去。

……孩子，你听到了么？如果听到了，就照这位老奶奶唱的那样做，远走安息吧……

宁儿，你是来得艰难，走得急呀！你1979年11月4日凌晨来人世报到时，就遇到了不顺利。

那时节的中国中原，已是初冬了。那天的天又阴着，还刮着风，有点冷。

我和你妈选择这个月份让你登岸有点不太妥当，可我们那时不懂。那个年代不教给我们任何关于生育的知识，我们一点都不懂优生，更不懂设计你出生的月份，那时谁敢谈论和关注生育的细节问题，谁就是一个“无耻的流氓”。

你抵达人世的码头在中原南阳。在南阳市医院一间小小的产房里，你妈妈开始了痛楚的喊叫——我们遇到了难产。

还算好，你终于睁眼看见了人世的风景。大约人世的喧闹太令你吃惊，据你奶奶说，你当时哭得很凶，比别的孩子哭的时间都长，且声音极大。

你艰难上岸时爸爸没有能迎接你。其时，我正心急火燎地坐在由山东济南返家的火车上。因为只请了半月假，故我不敢早离部队，早离队就得早归队。我算的是到家的那一天送你妈妈去医院生你，没想到载你的船提前到达了。我记得我坐的那趟火车到达南阳车站时，是早上四点多。我下车就雇了个人力三轮车往家赶，到了家一敲门，没人应声，我心里一咯噔，就估摸你妈已经去了医院。那时天还黑着，风刮得紧，邻居们都还没有起床，好在有一家的保姆刚起床要做饭，我匆匆把行李放到她那儿，便急忙向市医院跑。待找到产房，天已经蒙蒙亮了。我看见你妈妈躺在一个三人房间的中间一张床上，你奶奶正在床前让她喝着什么。我知道是已经生了，兴奋至极地走过去，刚想问生的是儿子还是闺女，你奶奶已先开口高兴地说：是个胖小子，八斤多，一个时辰前生的……

那时候医院的规矩是婴儿不放在妈妈身边，喂奶时刻到了再由护士抱过来。我握着你妈妈的手，愧疚地说明回来晚了的理由。你妈妈苦苦一笑，没说什么，更没有埋怨我。几天后我才知道，因为我的迟归，你妈妈是单位里的人帮忙送到医院的，你的个头大，生你遇到了极大的困难，生了很长时间也生不出来，你奶奶按照农村产妇遇到这种情况的办法，让你妈妈一连吃了五六个煮熟的鸡蛋以增加力气，没料到你妈受不了这个补法，一下子呕吐起来，直吐得胃里空空，浑身没有了一点力气。这就使生你遇到了更大的难处，没办法，医生是用产钳夹住你的头拉出来的。也许，就是这一拉，使你的头部受了伤，为后来的疾病埋下了最早的祸根。听说医生当时可能也有些担心伤着你，还为你打了抗生素。我们那时怎懂这些处置的后果？我为何不早早请假回家？倘我早到了家，我亲自把你妈送到医院，遇到难产时我可能会要求剖腹产，不再坚持自然分娩，那样就不会对你使用产钳呀！

我好后悔！

1979年是个多事的年份。年初，中国军队在南部边境自卫还击，和另一个国家打了一仗，我们有数万名军人牺牲。年中，知识界为要不要改革起了纷争。年末，经济状况并没有大的好转，老百姓的吃穿依然得凭粮票、油票、鸡蛋票和布票。让你在这一年来人世实在不该。今天回想起来，倘若让你晚到两年，生在80年代初而不是70年代末可能就会好些，人出生的年代、月份和时辰，都可能影响人的命运呀！

我第一次见到你是早晨的喂奶时间。护士把你抱过来，我看见你还在闭着眼睛睡觉，个头不小，脸盘挺大。你妈妈把你揽到怀里时，你醒了，你本能地用嘴寻找着奶头。我静静地看着你吃奶，心里涌满了欢喜：我有儿子了！那间产房的三个产妇生的都是儿子，我当时最担心的是护士把你们三个婴儿弄混，把你当成别人的儿子。我因此还问了护士，问她有没有弄错的时候，护士笑着答我：放心吧你，我们给每个孩子都绑了号牌，错不了！

那天喂完奶我第一次抱起了你，我不会抱孩子，我差不多是双手捧着你。看着你娇嫩的脸庞，我觉得生命真是神奇，忽然间就从无到有了。看着你，我心里有一种莫名的踏实感和幸福感，我有后代了！那同时，又觉得肩上的责任重了许多，我得挣更多的钱好把儿子养壮养大。

从当天上午起，我开始去东关的市场上买鲫鱼，回来让你奶奶给你妈妈炖鱼汤喝，好下奶给你吃。那阵子自由市场才悄然恢复，市场上卖鱼的并不多，去晚了就可能买不到鲫鱼，所以每天我都去得很早。令我惭愧的是，我那时的工资太少，每次都不敢买多，也就勉强够你妈一天吃，实在对不起你妈妈和你，我那时应该每天都多买一些，好让你妈妈吃得更好，把你养得更壮，使你的身体能抵抗疾病的侵袭。

你和你妈妈还在医院的那几天，我除了买鱼买菜给你妈送汤送饭之外，就是紧张地收拾房子和床，打扫卫生，好迎接你们回家。

那一年我们家只有一间房和门口搭的一小间灶屋，把你们娘儿俩由医院接回家后，我就只能睡地铺了。可睡地铺我也高兴，因为有了你，我有了吃苦的动力。回家不久，你夜里睡到半夜总爱哭。我和你妈一直弄不清原因，直到许久之后才明白，你妈妈的奶水属于清水奶，表面上看你每天吃了不少奶水，可是不耐饿，你夜里哭其实是因为饿得难受。我们那时不懂，根本不知道给你再加点奶粉，致使你在最需要营养的时候受了亏，也许，这也是你以后得病的根源之一.如果那时把你的身体养得壮壮的，使你的免疫力增强，大约就没有以后的问题了。我当时为何就不多找人请教或看看书呢，这点事都弄不明白。我真蠢！

半个月的假期很快就过完了，我得回部队。你妈妈想让我拍电报给部队领导以延长假期，但那时部队在管理上一再提倡牺牲个人利益，何况我那时正年轻正是想做一番事业的时候，怕延长假期会让人说我个人利益至上，惹领导不高兴，影响以后的进步和提升，便不想延长。只答应你妈妈推迟一天返队，把家里需要的东西都买齐。我蹬上借来的三轮车去煤场买了两车煤球，去买了面买了菜和鲫鱼，然后才去了火车站。我原来估计推迟一天归队问题不大，领导可以宽宥，没想到回到军区机关后，还是因此而被勒令做了检查。几个月后我才得知，我归队后不久你就病了一场，是同楼的邻居老李在夜里用三轮车送你们娘儿俩去医院的。今天想想，我那时完全应该再延长半月假期，侍候你长到满月再走。我傻呀，不懂得出生的第一个月对婴儿是多么重要。很可能，我不续假也是导致你后来得病的一个原因……

爸爸，我听到了，那位老奶奶哼唱的安魂谣我听到了。你放心吧，我会心甘情愿地放下尘世给我的一切，轻轻松松离开人间。你别再自怨自责了，让情绪安定下来吧，也别再哭了，哭久了会把眼睛哭坏的。其实，离开人世并不像你们想象的那样痛苦，死真的不可怕，最可怕的是濒死。我被疾病反复折磨的那个濒死阶段才是最痛苦的。我当时双手双脚都不能动，只能静静地躺在病床上，头裂开似的疼，手上和腿上插满了输液管子，心电、血压和血氧监视装置使我难受至极，尤其是那个血氧监视器，响得人烦躁不堪，吸氧的胶管弄得我的鼻子痒痛难忍，高烧使得我整日昏昏沉沉，吃东西喝水全靠你们鼻饲，又不能上厕所，大小便全靠你们帮忙，那可真是度日如年啊！可当上天决定让我走时，我闭上嘴不再呼吸，一下子就轻松地离开了我的躯体。我站在几米之外看着我的躯体，真的很庆幸离开了它。我感到了从未有过的轻松，我不必再扎针，不必再吃药，不必再听其他病人们的呻吟，不必再听医生的欺哄和护士的责备，不必再去做核磁共振检查，不必再去抽血化验，不必再尝开颅的剧痛，不必再受放疗的折磨，不必再输那种可怕的化疗药物，不必再让你们帮我翻身，不必再闻消毒水的气味，我自由了……

爸爸，那真是一种获得解放的感觉。

当然，我知道，我的走会让你和妈妈痛不欲生，毕竟，按正常的人生安排，我还不到退场的时候。我应该在你们老境到来时，守在你们的身边，给你们以慰藉和依靠。这是我唯一的不安，你们养育了我，我却没有给予任何回报就先走了，这不应该。这是我要请你们原谅的。我实在是受不了那份病苦了！上天没按常理安排我们家人撤走的顺序，这固然不怪我，可不管怎么说，我对不起你和妈妈。一想到当你们日后卧病在床时，我不能端水送饭，心里就愧得厉害。

爸爸，你不必再提我出生时的事，那些事我没有记忆。再说，即使我出生时你就待在产房门外，你又能做什么？你那时不也才二十多岁？那年头又没有这方面的书籍可读，你对接生能懂啥？你这个门外汉敢替医生做决定？别自责了，认命吧，要把一切都看成命运的安排，这样你就不难受了，你说是不是？……

宁儿，你第一次远行是在你半岁多的时候。我希望你们母子来山东济南看看，写信回去跟你妈商量。你妈犹豫了一阵后表示同意。今天回想起来，我的决定并不是明智之举，按优育学的说法，孩子在一岁之内不应出远门，因为他的身体还没有完全发育好，还不能适应环境的急剧改变。可我那时哪懂这个？

那是春末夏初的季节，你妈一手抱着你一手提个提包上了路。那时我们还买不起卧铺车票，你们母子两人挤坐在硬座车厢里，经过两天一夜的辛苦旅行才到了济南。那一路的苦累我虽然没看见，但我从你妈下车时的倦态里想象得出来。在济南我那一卧一厨的宿舍里，我给你妈准备了当时最好的饭食，这样她才能有更多的奶水来喂你。我还请来军区著名的摄影记者李士文给你照了一张很精彩的照片，当时你还不能坐，是我低下身子从一侧扶住你照的，仔细看，照片上能显出我的几个手指。你李叔叔的摄影本领名不虚传，把你一瞬间的面部表情精确地抓住了，你天真的眼睛里分明含有一丝不安和嘲弄。“不安”我能理解，乍从气候温润的南阳来到多风干燥的济南，你不可能马上适应；我惊奇的是：你小子在嘲弄什么？是嘲弄我和你妈让你远行的决定还是嘲弄这个热闹而陌生的省城？

这一次济南之行我和你妈抱你看了大明湖和趵突泉。在大明湖畔我给你讲了咱们的老乡铁铉，那位在明朝做了山东布政使和兵部尚书的邓州人，在靖难之变时如何忠义不屈至死不降；在趵突泉边我给你讲了我喜欢的词人李清照，讲她写的“生当作人杰，死亦为鬼雄。至今思项羽，不肯过江东”的诗，我想让你从小就懂得做人要有骨气和才气，可惜你还太小，你听得糊里糊涂还很不耐烦，你只对湖里滑动的游船和泉水里游动的红鲤鱼感兴趣，你只管朝它们呀呀地喊……

你这次济南之行并不都是快乐，我们父子之间还发生了一次冲突。那是一个上午，我在机关里接受一个任务：收集部队干部战士对国家批准在广东的深圳、珠海、汕头和福建的厦门试办经济特区的反映。部队里关于这件事的各种说法都有，有说这是改革开放的重要步骤，有说这是向资本主义倒退的开始。年轻的我不知哪种说法有道理，怕把情况反映写错了会惹来麻烦——那年头政治上的麻烦会随时找上你。我的心里很烦，中午下班到家时，恰巧看见你把我的一瓶墨汁从桌上摔到了地上，弄得地板和墙上都是黑点，我顿时恼了，扬起巴掌照你屁股上就来了一下。你哇的一声哭了。你妈见状也恼了，哭着说：孩子这样小，懂什么？碰掉你一瓶墨水你就打他？那是我第一次打你，打完我就后悔了：嗨，我干吗把火发到儿子身上？

这一巴掌打下去，你开始怕我、烦我和恨我。有好几天时间，你都拒绝让我抱你，宁愿一个人躺在那儿无聊地吃着自己的手指也不让我抱，我一伸手想抱你就哇哇大哭着表示抗议。你妈妈幸灾乐祸地说我：你这是自作自受！

我叹息：这小子气性还不小哩！

你当时那样小，我竟然把气撒到你身上，竟然动手去打你，这能算是一个好父亲的作为？！

我到现在想起来还后悔！

爸爸，你第一次打我的事还用放在心上？打一巴掌伤不了身体。我小时候跟妈妈多次去过济南，如今印象深刻的，好像就是在洛阳火车站转车时的几个场景：妈妈提个提包在前边走，让我跟在后边跑，过地下通道时，她可能怕误了火车，加快步子跑了起来，我跟不上，人又那么多，我怕跟妈妈跑散了，吓得赶紧叫：妈妈，等等我！妈妈，等等我！妈妈听到我的喊声，忙又停下步子，回身抱起我再重新向前跑。提包的重量加上我的重量，使得妈妈跑得很慢很艰难，也喘得厉害，呼哧呼哧的，到如今回想起那场景，我似乎还能听到那喘息声。人的童年记忆最真切最深刻，一旦记住了一件事，终生都很难忘记。俗话说“娃娃的记忆，胜过字迹”，大概也说的是这个意思。

那年头我最害怕的是坐火车。不论是坐火车去济南看你，还是后来坐火车去西安、郑州上学，每次买张票都很难，车上人多，挤得厉害，车厢里啥味道都有，熏得人头都疼。坐火车其实就是受罪，哪像我现在，飘然飞动，想去哪里就去哪里，不论去哪里都很方便，一飞就到。人有肉身实在是累赘，因为它能随时感知冷与热、疼与胀、累与困、渴与饥、甜与苦；人无肉身之后，那些制约都没了，有的就是轻快、舒服和惬意……

肉身的存活固然能给人带来一些快乐，但它也制约着灵魂去享受自由的乐趣！

仔细想想，那些临死前还在为权力、金钱、名声焦虑的人，其肉身难道不是煎熬他们的炼狱？

儿子，我现在常常看你在济南千佛山上照的那张照片。见不到你本人我就只能看照片了。那是我最喜欢的一张照片。每次看到那张照片，我都会想起那个初秋我们一家人攀登千佛山的情景。

千佛山那天秋阳高照，我和你妈轮流抱着你上山。上山拜完佛祖之后，到东侧的树下歇息，这时发现了旁边有棵不大的石榴树，你就是在这棵石榴树下照的那张照片。记不清那天是借的相机还是请山上的照相摊主给照的，那年头照相机还是稀罕之物，一个胶卷才能照十二张，照一张相要花不少钱。这张照片照得很好：你手扶树干，从树的一侧探出头来看着相机，黑亮的眼睛里充满了好奇和惊异。你那时还不会走，也不能久站，但照相那一刻却俨然站成一个军人的模样。我后来把这张照片放大了摆在床头、书桌和窗台上。

今天想起来，你半岁多那次随妈妈到济南，爸还有件事太对不起你：每天清晨五点来钟，你不肯再睡，哭着坐起身子，只有把饼干递到你手里，你大口吃时才会停了哭声。我不理解你为何这么早要醒，对你的这种习惯很生气，因为这时正是我最瞌睡的时候，也是因此，我每次在给你拿饼干时，常要训斥你几句，你那时还不会说话，但能看出你很委屈，常是含着眼泪吃饼干。直到很久之后我和你妈才明白，你那是因添加的食物量少，饿醒的。我和你妈真是太笨，只以为你是故意闹人，根本没往你饿处想。

我不是一个合格的父亲！

你四岁那年去济南，我领你们母子逛商场，路过玩具柜台时，你停下不走了。你看见有同龄的孩子在玩变形金刚，当年变形金刚这种玩具最火、最诱人，你新奇地看了一阵儿，然后提出要买一个。我估计它不会便宜，和你妈拉你去柜台上一问，好家伙，一个变形金刚差不多得二三十块钱。那时，我的工资一月才六十块，我不敢买了，想拉你走，可你不干，任我和你妈怎样劝都不行，勉强拉你到店外马路边，你坚决扭着身子不走。我生气了，吓唬你说你再闹就不要你了，而且我和你妈装着不看你径直往前走去，一副真不想要你的样子，这下把你吓住了，你先还站在那里哭着，后见我们没有回头，就停了哭声慌慌地朝我们追了过来。现在想起，我非常非常后悔，二三十块钱都舍不得？为何要那样节省？买一个变形金刚就能使家里穷到哪里去了？吓唬孩子算啥本领？！

儿子，爸亏欠你的太多了！

爸爸，别再提那些陈谷子烂芝麻的旧事了，我知道我从小任性，你要全按着我的心意来办事，那还得了？对千佛山我几乎没有印象了，对济南还能记得的是它的动物园，我记得你领我去看过动物园里的熊猫、猴子和狗熊。我记得济南动物园里的狗熊很多，我们站在高处，看站在凹处的狗熊们很笨地接着人们投给它们的食物，我记得它们特别贪吃，不论接到什么东西都往嘴里塞。我先朝下扔了一个香蕉，一头狗熊很麻利地接住吃了，我手上没了香蕉，就又给它扔了一个香蕉皮，它竟也郑重其事地捡起来，塞进了嘴里，这让我很开心，我记得我为此笑了好久好久。那时的很多事情记不真切，只有一些轮廓和模糊的片段留在脑子里，但它们对我很宝贵，回忆起来感到特别美好。人在童年时得到的痛苦最少，造物主对这个阶段的人还算客气，一进入少年，就开始给你低价批发很多痛苦了，到了青年时代，痛苦的重量便开始成更多倍数地增加。爸爸，你不必自责，你和妈妈尽你们的力量给了我一个美好的童年。在人间，有不少人的童年缺吃少穿，有很多人的童年担惊受怕，有一些人的童年居无定所四处流浪，你给我的童年已经非常不错，别自责了。

爸爸，我觉得一个男人若当了父亲，他最应该做的，是给孩子们一份爱和温暖，这一点，你做到了，你只是个别时候有些粗暴。你需要改的，是脾气……

是的，孩子，爸的脾气很糟，你那样小就向你动巴掌，真对不起。你知道吗？我们一家分居两地时，我最高兴的事就是回南阳探亲。血缘关系真是一种神秘的联系，尽管我那么长时间没有见你，而且我还训过你、打过你，可我们见面没有几分钟你就会热切地扑到我的怀里，热情地向我介绍着家里的很多事情：奶奶给你煮鸡蛋了，妈妈给你买糖块了，你看见一只小猫了，邻居家的小狗来家里做客了。我好高兴，总是抱住你亲你好久。

在我探家的那些天里，你妈妈去上班之后，我们父子两个便一前一后去街上闲逛。我在闲逛中寻找着书店和书摊，你在闲逛中寻找着卖豆腐脑的担子，一旦看见卖豆腐脑的，立马就朝我喊：爸爸，看！我知道你特别想吃豆腐脑，喊我是让给你买豆腐脑吃。我为了逗你，故意装作没看见，问你：看啥子？逢了这时，你总会抱怨：真笨。然后拉了我的手径直走到豆腐脑摊子前对卖豆腐脑的喊：伯伯，给我来一碗！

摊主见状，总会笑着应道：好呀，小伙子，来一碗！

你吃得好香呀！吃完，自动地还上碗，说：谢谢。我这时开始掏钱，一碗一毛钱。每次交钱，我心里比自己吃了还舒坦。我那时不知道，其实这种加白糖的豆腐脑对你的胃并不好，吃的次数多了，会造成胃酸。

逢我探亲在家，我常在自行车的前杠上放上一个童座，让你坐在里面，带上你去卧龙岗看诸葛亮的草庐，看汉画像馆；带你去医圣祠看张仲景的塑像；带你去玉器厂看那些精美的玉雕；带你去烙画厂看那些烙在宣纸和丝帛上的人物、花鸟和山水。我知道你太小，还不能理解你看到的东西，但我想用那些美的东西引发你对美产生兴趣。

我和你妈还带你去东方红影剧院看过电影。可惜你的注意力只能集中很短的时间在银幕上，然后你就闹着要退场，要到影剧院门外去买甘蔗吃。逢了这时，特别喜欢看电影的我便不高兴，总要训你几句，你则用更大的哭声表示你的抗议，没办法，我只好认输，抱着你依依不舍地向影院大门外走。

你最喜欢的事情是看电视。我那年探家前办的最大一件事，就是买了一台上海产的十四英寸黑白电视机。这款电视机当时售价五百多块，我那阵子的月工资是六十块钱，我省吃俭用攒下了钱，又托济南军区文化工作站的技师到店里挑选，这是我为咱们家置下的第一件大型电器。在由济南坐硬座火车回南阳的路上，我一直把它放在我的两腿间，唯恐被别人碰坏。我还为它买了一个红丝绒的罩子，担心有灰落到它的身上。当我在咱家的小桌上将它摆好打开，屏幕上出现画面时，我感到无比的骄傲和自豪；而你，则高兴地叫了起来，还立刻出去叫了几个小伙伴来看。就是从那时起，你每天都想在奶奶的陪伴下看一会儿电视。我因为想有更多的时间去看书，也乐得你把注意力集中到电视上，不来缠我。

我那时根本不知道，看电视时间长了会影响孩子的视力，待到后来发现你的眼睛有了近视的征兆后，我和你妈才开始着急，才去分析原因，才懂得去限制你看电视的时间。我们这一代做父母的，因了科学技术的快速发展，在育儿方面需要比你爷奶那一辈懂得更多的东西。可惜，我那时没有意识到。

我每次探家，日子总是在飞快地过去，返程的时间好像眨眼间就会到来，有时，我都怀疑是不是日历少印了页数。有一次，分别的时候到了，你和你妈还有一位邻居到火车站送我回部队。当我上车以后，你坚决地也要上车跟我走，这令我很意外。不管你妈妈怎么劝你哄你，你就是不依不理，挣着妈妈的胳臂哭得几次哽噎得没有声音，坐在车窗前的我被你的哭声弄得心里很乱、很酸、很疼，这是我第一次体验父子分别的那份难受。在此之前，在我的脑子里，你的存在只是令我觉得惊奇、新奇和喜欢，还没有体验到一种连心连肝的爱，可是在那一刻，我体验到了，原来父子俩的心是用看不见的线紧密连着的，分离会让两颗心因线的牵拉而感觉到一种锐疼。当我坐的火车启动而你的哭声渐远渐小时，我眼里也含满了泪水……

爸爸，我小时候和奶奶在一起看电视的景象我至今还记得。那时，逢你回部队之后，每当妈妈去上班时，我就闹着让奶奶打开电视机。奶奶有时想带我去街上买菜、买面条，不想开电视机，可我不干，我就哭，我一哭奶奶就只好让步，她心疼我，只得按我的要求把电视机打开。她打开电视机后，选台就是我的权力了。我胡乱地按着按钮，选择我爱看的节目。奶奶不识字，我那时虽然识字不多，但有一些字妈妈是教过我的。奶奶说：宁呀，你给奶奶讲讲电视上说的都是些啥。我就根据我认识的一些字，来猜电视上的内容，然后来讲，讲得也不知对不对，奶奶却都听得很认真，一逢我讲完，奶奶就夸我：还是俺宁儿聪明，啥都懂，比奶奶强多了。每次听到奶奶夸自己，我就高兴，就觉得自己了不起，就觉得自己将来真能做成大事情。

可遗憾的是，你和妈妈却很少夸我。你俩看见我，总爱找我的毛病，不是：身上咋又搞脏了？就是：怎么又惹小朋友哭了？或者：为何不把字写好？总爱指出我这样做得不对，那样做得不好，老是批评，有时还挖苦，以为批评可以让我变得更好，其实不然，你们一批评我就不高兴，就很气馁，就有抵触情绪。我那时以为奶奶比你们文化水平高，她懂得怎样让我学好！后来我明白了，你们是和奶奶一样爱我的，甚至爱得更甚，可你们就是不爱夸人，不会夸人，不知道夸一个孩子能让他更精神更自信，这也是没办法的事，毕竟那时你们也年轻，又刚当上爸妈，不懂这个。

听说，当爸爸妈妈也是需要学习的……

孩子，我和你妈对你的确是批评太多表扬太少，总是先看到你的毛病和不足，总爱说你不如这个不如那个，心里总认为“严”对你好，从来没意识到在人的成长过程中，表扬其实才威力无比，才是父母手里最重要的武器。你小时不爱吃青菜，我怎么喂你你也不吃，我就很着急，就不停地批评你太傻太任性，有时气得把碗都扔了。后来有次看见你奶奶喂你吃饭，她夹起一筷子青菜，先表扬说：俺宁儿最听话，一向是让吃啥就吃啥，今天奶奶想让他吃点青菜，我想他一定会吃的。果然，你很痛快地张开嘴就吃起青菜来。这件事当时曾让我心里一动，觉得你奶奶有办法，却没有去细想这正是表扬在起作用，没有意识到该向你奶奶学习，去使用表扬的武器。你长大后做事总担心做不好，总不喜欢挑头，大概就与我们的养育方式有关系。唉，当父亲这门学问我缺课太多懂得太少！

宁儿，1985 年我奉命去云南老山前线采访时，曾给你留了一封遗书。当时你还不到六岁。因为前线战场上的态势是两军在拉锯，一会儿是我方夺了敌方的一个阵地，一会儿是敌方又夺了我方一个阵地。战场上的情况又极其复杂，山高、林密、草深，敌方的特工队活动频繁，谁也不知敌人会在什么时候、什么地方突然出现，也是因此，我们这些采访的人也得随时准备和敌人遭遇。何况我们坐车经过的某些路段是敌方直瞄火炮的封锁区，不断有我方的车辆被敌人的 85 加农炮击中。就是因为这些原因，我给你留了那封遗书，为的是我万一死了，你不抱怨我啥话也没留给你。

我在那封遗书上说了三件事：第一，爸这是上战场，上战场死了是为国捐躯，你不能埋怨爸爸丢下你们母子不管，也不能抱怨谁让我上了战场。第二，我是长子，你是长孙，记住要好好读书，你长大成人后要能撑起周家的门面，把周家的老屋翻修翻修，替我养活你妈妈和爷爷奶奶。第三，记着每年清明节给我烧几张火纸，好让我在那边有点钱花……

我把遗书寄给你妈后就由山东直接去了云南战场。

所幸我没死，活着回到了后方，这封遗书后来就没给你看。可我怎么也没想到，我们父子后来的情况会来个大翻转，会是你在临终前给我留下遗言，会是你叮嘱我：爸，我死后不管出现什么情况，你都不能不管我妈，你要照顾好她；爸，别把我走的消息告诉我爷奶，他们年纪大了，不可能承受住这个打击，就说我出国了；爸，对不起，在你老了得病的时候，我不能送你去医院照顾你了，你们可以提前找个好保姆……

怎么会是你来叮嘱我？

造物主，你为何这样安排？！

爸爸，你当年去前线给我留遗书的事，妈妈后来给我说了。她没有细说遗书的内容，但这件事本身让我吃了一惊，让我意识到，我们一家人相互之间在某一个时候是有可能被迫分开的。此前，我一直以为，我们既然是一家人，就会一直生活在一起。

随着我年龄的增大，我逐渐明白了生老病死的人生规律，但总觉得，死这件事离我们家还有很远很远，远到还根本不必去做应对的准备。我怎么也没想到，死亡会猝不及防地袭击我们一家，而且袭击的对象竟然是最强壮的我。到了这时我才明白，我的修行太差，根本无缘获得“无疾而终”这份奖赏。

因为事情来得太突然，我连一封遗书也没给你们留下。其实，真让我写遗书，我能写的内容也很少很少。我工作之后还没领几个月的工资，没有积攒下任何财富，没有给你们留下养老的钱财，相反，因为治病，还把你们的积蓄耗干了。我没来得及结婚，没有留下儿女，不需要叮嘱谁。我的研究事业还没来得及展开，只是刚刚开了个头，也没有要跟谁交代的。不给我写遗书的机会也对。

我唯一放不下心的是你和妈妈。我平日回家晚一会儿妈妈都要忧虑不安，如今我永远不再回家了，她该怎样痛苦？你比妈妈还要强些，你有写作这门专业，你可以钻到你的小说里暂时忘却失去我的苦痛，妈妈可怎么办？爸，你要把我所有的照片和所有的遗物都收起来，不要让她再睹物思人，衣服和物品也可以全部烧掉。你可以多领她出去走走，让她尽快忘掉我。她不是喜欢读《心经》吗？你支持她读吧，那可能会给她一些心理支撑。你们还可以收养一个孩子，最好是个女孩，有一个女孩在家里来回跑动，也许有助于她忘掉伤痛……

我最担心晚上，平日晚上妈妈总要到我的卧室里看我睡了没有，现在她看不到我了可怎么办？爸你应该把我的卧室门锁上。

你们想办法搬一次家吧。

搬一次吧……

孩子，人生如果真是一场游戏，那它就该遵循玩游戏的基本规则，那就是参与玩游戏的人必须是自愿的，可我不想参与这场游戏，我讨厌它，这种游戏太残酷，它让人付出的代价太高太高。人们玩游戏都是为了寻找快乐，可这种游戏给我的快乐在哪里？造物主创造出这种游戏并设定这种游戏规则实在荒唐，我对他提出最强烈的抗议。我宁可不出生，我宁可不为人！我不出生就不会尝受人生之苦，我不为人就不会去体验生离死别之痛。我真想提议，造物主在决定让一个人到人世之前，应该询问他的意愿，他同意到人世，就让他出生；他不同意，就别让他出生。做到了这点，才算做到了真正的民主自由。现在倒好，不管你愿不愿出生，不管你愿不愿尝受生之烦恼苦痛，只要造物主想让你出生，只征求你父母同意，有时甚至连你父母也未必同意，你就必须得出生，这不合理！

这是强人所愿……

爸爸，别那么偏激，别因为失去了我，就对造物主失去了敬意。每一对父母都有要孩子的权利，造物主不能不给他们这个权利。就像你和我妈妈当初结婚后，如果造物主不让我出生，你一定会生他的气，会认为他太不公道。还是平心静气吧。你是承受了失去我的苦痛，可这世上尝受失子之痛的不只是你一个，记得北京城郊的一次车祸吧？一家四口坐的一辆车一下子被人撞了，只留下一个母亲，那个母亲失去的亲人不是比你还多？我在想，一个人这一生要尝受什么，不管是好东西还是坏东西，不管是幸福快乐还是不幸苦痛，可能都有一个定数，这个定数不是由他本人决定的，而是由一个隐身的掌管者分配的，这个掌管者根据每个人付出与获得的总体情况，来确定分配幸福快乐和不幸苦痛的比例。因此，不论你得到了什么，都请接受吧，抱怨没有意义。

我失去了生命，你失去了儿子。我劝你接受现状其实也是为了说服我自己。

我们难道除了接受之外还有别的选择吗?

孩子，你的葬礼过后不久，有天晚上我又梦见了你。梦中的你从外边匆匆进来，进来就抱住我问：爸，你还认我这个儿子吗？我当时一愣，拍着你的肩膀说：嗨，你这孩子，咋能这样问，我怎会不认你这个儿子？说完这话，我才猛然意识到，你已经走了。我惊问道：他们又让你回来了？你点了一下头，我高兴地刚想再抱住你，梦突然醒了。我怅然若失地躺在那儿，许久没动。我不知道这个梦意味着什么，意味着你怕我们会把你忘了？意味着你在想念我和你妈?

你为何要那样问我?

爸爸，你的梦只是你思念我的心理折射。你梦见我时我其实已经走远了。我的骨灰刚刚入土，那位一直陪在我身边的头罩白色丝巾的女士就轻声说：现在，你可以跟我远走了。我点点头，尘世上与我有关的事情已全部完结，我估计我也该走了，我不能总是在近处低回飘荡。她没再说别的，只将一块黑布递给我，说：盖在头上。我刚把那块黑布在头上盖好，耳边就嗖地响起了风声，我感觉她扯住我的手，我们已经在飞了……

不知道过了多久，我听到了一个男子的声音：大家都到这儿站好！那女士和我随即站定，我头上的黑布也被扯掉，我发现我们已来到一条大河的岸边。这里光线晦暗，岸边没有任何建筑，除了树就是草，河面宽阔且被浓雾笼罩，一眼看不到对岸。河水流速很快，不时翻着浪花，水的颜色墨绿，看上去很深。河中没有人间河里常见的水草一类东西，显得很是纯净清澈。岸边也没有芦苇和芭茅。有风，但很轻微，草梢和树叶几乎不动。没有蝉鸣，四周很静。河这边的岸上站着一些和我一样刚到的灵魂，每个灵魂旁边都陪着和我身边一样的一个头罩白色丝巾的女士。我这时才明白，并不是只对我这样安排，原来所有来这个世界的灵魂，身旁都陪有一位这个世界的使者。她们在两个世界间穿梭，负责把我们引领到这儿。

我现在可以看看你的脸孔吗？我大着胆子问领我来的那位使者。

她摇了摇头，但我感觉到她没有生气。

这边的规矩，我不能摘下纱巾，请原谅。她的声音依旧轻微。

能告诉我你的名字吗？

她又摇了摇头，抬手示意我朝前方看。

欢迎诸位来到天国！刚才招呼我们的那个身形瘦削的男子高声说。他站在我们正前方一个形状古怪的树桩上，声音反常地洪亮：天国大得无法形容，它分为几个区域，这里是天国的甄域。大家看到那条河了吧，在河的这一侧，也就是我们站立的此岸，都属于甄域。所谓甄域，也就是甄别的区域的意思，我们要在这里对诸位进行一次甄别，之后，便把大家送到各自该去的其他区域。甄域本身也非常大，它又分成很多“关”，我们这儿是甄域的333339关，关就是关口的意思，是进入其他区域的一个关口，你们可以叫我关长，我这个关长的职责和人间的海关关长有点近似，就是在你们通过甄别之后，用船把你们送到各自该去的区域。我们这个关，接待的大都是由人间中国来的灵魂。

爸爸，我已经到了天国的甄域。这令我感到很新奇，我侧耳去细听那个关长的话——

你们现在看见的，便是天国的景致。人间有的东西，天国都有；人间没有的东西，天国也有，你们可以慢慢观察，逐渐熟悉。

我抬头向四周看去。身边领我来的那位使者这时低声向我介绍着：那是冥河河堤，岸上长的那是天柳、天榆，堤上爬满的是天簇草，盛开的花叫天霄和天梅，岸边停的是天船，码头上垒的是天石……

我满眼都是惊奇：这就是天国的甄域？

在你们要登船启程之前，有四件事要做！关长这时又高声说着。

我这时轻声问身边头罩丝巾的女子：我们既是可以飞，为何不飞过河去？乘船多麻烦。她摇摇头轻声说：没有谁能够飞过这条河，它是一道谁也无法飞越的屏障，过这条河的唯一途径是坐天国之神安排好的船。谁敢违抗，必会落到万劫不复的境地。

我默然，只好继续侧耳去听。

第一件，是再甄别一次身份，我把你们的年龄、来此处的因由和灵魂划归的类别念一遍，以便你们核对和记忆，防止弄错。那关长说罢，从身上掏出一个本子，打开一页念道：肖嘉晓。

来了。一个老年男子应声向前走了一步。

你，七十九岁，因患肝病而来，属重秽之魂。

为何说我是重秽之魂？肖嘉晓有点不高兴。

你二十岁那年，在工厂一角撞见厂长正在强奸厂里一个女工，你不仅没有施救，还在警察询问你时否认看见过强奸场面。你曾结婚 3 次，生子女 5 个。五十二岁时因想与第二任妻子离婚而多次殴打她，致使她上吊自杀，你则说她是与你前妻所生子女不和，吵架之后一气之下自杀的，将其自杀真相瞒住。故属重秽之魂。

你……肖嘉晓分明有些意外地看定对方。

我说错了？那关长盯住肖嘉晓，随即转向大家：如果我说到谁说错了，被说者一定要指出来，以免我们把事情弄错到底。肖嘉晓，需要我念有关证词吗？

肖嘉晓低下了头。

关长又将手中的本子翻过一页念道：

姜维蓝。

一个年轻女人应了一声：来了。

你，三十岁，因难产而来，属轻秽之魂。

我的灵魂没有沾染任何秽物。姜维蓝抗议。

你十七岁那年，因和邻桌一个家境贫困的女同学发生口角，故意将她的计算器从桌上撞到地上摔碎。你二十四岁那年，因嫉妒单位一个女同事长得漂亮，在网上匿名发帖说她曾到宾馆卖身，致使她的男朋友离她而去。你二十七岁时因不满婆婆的啰唆和责骂，曾多次顶撞她，并以离婚要挟丈夫分家，让婆婆一人分开另过，还阻挠你的丈夫周末去看她，致使老人此后尝尽了孤独之苦。故属轻秽之魂。

那姜维蓝没有应声。我暗暗吃惊，关长他们竟能将一个人一生中的作为记得如此清楚？！

林文浩。

一个壮年男子应道：来了。

你，四十五岁，自焚而来。你脾气执拗，在自家的房子被确定拆迁之后，你认定补偿不合理而拒绝搬迁，开发商给你家断水断电也未能使你屈服，后开发商雇人强拆，你誓不相允，并以自焚抗议，属有冤之魂。

林文浩泪流满面。

陈东昌。关长又翻过一页叫道。

来了。一个四十来岁的男人应着。

你，四十一岁，亿万富翁，心肌梗死而来。以你为董事长的造纸厂严重污染水源，每遇环保检查时你就打开治污设备以表明你不排污，待检查者一走，你便又关掉治污设备以省钱，致使附近数万人的饮水受到污染，许多妇女生了畸形儿，不少孩子得病死去。每当有人上告，你就拿钱贿赂官员摆平，还多次威胁上告者。属有罪之魂。

我每年都给政府交了很多税，我不仅无罪还有功！陈东昌高声辩解。

税金与人命相比，哪个重要？关长瞪住他。

因为我对经济发展的贡献，三任市长都得到了提升。

你还懂得“贡献”这两个字？关长的眼眯了起来。

你无权评价我的人生！陈东昌傲然说道，你没见我死后那么多人前去为我送葬？市委书记亲自主持我的葬礼，我被追认为模范企业家，市政府打算为我建一座纪念馆，有作家已决定为我写传记，我很可能会在我们那个城市成为不朽之人！

好吧，既然你自己觉得会不朽，那就保持这种感觉吧！

罗道冬。关长跟着念道。

来了。一个比我年纪稍大些的男子应道。

你，三十七岁，因全身烧伤感染而来。你平日懒惰，因不做家务多次与妻子发生争吵，且数次动手殴妻。一日邻家失火，有消防人士扑救，已撤至屋外的你本可以不管，但在听见邻家幼子尚在着火之屋哭叫后，你却义无反顾地冲进去，抱上那孩子向外跑，大火很快将你包围，孩子后来得救，你却不治而来此处。属仁爱微瑕之魂。

罗道冬淡然一笑：过奖了。

谭立声。关长又看着本子叫道。

一个男子应道：来了。

你，五十九岁，“双规”前于惊吓中上吊自杀。你身为纪检高官，却嗜财如命，想尽办法敛财：经常向下属哭穷以暗示对方送钱；每遇节庆，必收红包无数；每有小病住院或遇红白喜事，必让秘书通知部属知道，谁若不去医院拿钱看你，你便让秘书悄悄告诉他，已收到控告检举他的书信，致使对方在惊慌中给你送上“红包”。几千万元的贪贿所得，最终让你丢掉了性命。属贪婪有罪之魂。

谭立声低头无语。

刘辉煌。关长再叫。

一个青年男子应着：来了。

你，三十八岁。你有妻有子，有车有房，有吃有喝，本该安分度日，却违法私开煤窑，数次因塌方致井下工人死亡，都找借口遮掩过去。一矿工之弟被塌方压死后，你竟偷偷烧掉尸体拒付赔偿费，矿工忍无可忍将你举报，你在自家的煤窑被查封后竟决意报复，用开矿之炸药炸死举报人一家，并连带炸死举报人邻居多人，手段极端残忍，人性完全泯灭，虽经人间判决执行死刑，但死前仍不思悔改，叫嚣二十年后还是一条汉子，足见灵魂已重度变异，与动物类似。属凶恶重罪之魂。

刘辉煌冷笑着：我就凶恶了你怎么着？我已经被执行死刑离开人间了，你还能对我怎么样？再杀我一回？告诉你，我还想变成去拿人性命的厉鬼呢！

好，很好！有胆量。关长朝他点点头。

刘辉煌撇撇嘴不屑地说：老子他娘的都到这儿了还会怕你？笑话！

焦丹珠。关长又叫。

一个头罩白色丝巾的女士举了举手臂上抱着的一个女婴说：来了。

你，只活了三个月，因无名高烧而来。刚入世的你未染人间任何污垢，未做任何有违人伦、法律、公德之事。属洁净之魂。

焦丹珠只是不知所以地“啊”了一声。

汪美莉。关长再叫。

一个中年妇女应了一声：来了。

你，五十岁。被判死刑而来。你身为官员，却视平民如草芥，肆意践踏。你儿子看上别人家女儿，欲强行不轨，遭对方顽强反抗后，竟活活将对方掐死。照说你身为人母，应能理解女方父母悲哀之心，该对被害方好言安慰，妥加赔偿，然后送子服法，可你却抱怨对方教育女儿无方，不该公开和你儿子争吵，致使他精神病复发。你还为你儿子开了精神病复发证明，免除了他的刑事责任。其实你儿子从未患过任何精神疾病。对方无奈之中只好上告，你利用权力百般阻挠无果后，又起杀心，出钱雇人假装醉酒开车，生生将女方父母撞死。一个家庭顿时消失。你的心灵不全然黑暗断不会做出此等事情。属歹毒有罪之魂。

汪美莉听罢突然冷声笑了：自从我儿子出事之后，我听见的全是对我的指责之声，我烦死了！告诉你们，我反正已经没了性命，你们已经把我弄到了这个地方，我还有什么好怕的？你们还能怎么样？你们还要怎么样？让我再死一遍？她冷厉地反问关长。

那关长将眼眯起来，直盯住她，半晌才说：不错，果然是女中俊杰，厉害……

关长拿着本子将一个个灵魂都核对评说了一遍，可能是因为我刚到，到最后才叫到了站在后边的我的名字。我应罢声后，只听他说：你，二十九岁，因脑病来此。十六岁时为玩电子游戏，数次欺骗父母。属微瑕之魂。我当时心头一震：没想到这点事也被他们看到了眼中。爸爸，对不起，那一段日子我对电子游戏特别着迷，常在放学之后进到网吧打游戏，当我迟归你们问我干啥去时，我总是说留在学校做作业了。我的确骗了你们。

那天到333339关的大部分灵魂和我一样，都被归类为微瑕之魂。被归为有冤之魂的有五个，我记得其中有两个特别冤，一个是被诬告为强奸杀人的男子，他只是碰巧经过事发现场，看见一女子倒地上前查看，因手触了被奸杀的女尸留下指印，并在现场留下了脚印，遂被认为是凶手，遭枪毙后才又找到真凶；另一位是个年轻姑娘，刚当上公务员，局长见她漂亮，便多次挑逗逼她献身，女的一怒之下向上边告发局长对她性骚扰，局长恼羞成怒，遂派人在她和男友幽会时悄悄拍了视频在网上广为传播，将她说成了卖淫女，并建议开除公职，女的一气之下服药自尽……

身份甄别完之后，关长说：下边我们再办第二件事——沐浴，更衣。他说罢，朝冥河边一指：左侧三百米那棵天槐树下，为男子的沐浴处；右侧三百米那棵天柞树下，为女子的沐浴处。所有被划归为仁爱之魂、洁净之魂、有冤之魂、微瑕之魂、轻秽之魂和重秽之魂的男女，都分别去两处沐浴，浴后上岸，岸上预先已放有新的衣服，男的为蓝色长袍，女的为白色长裙，原来所穿的衣服全都扔掉，换上新衣后再来这里集合，明白了？记住，沐浴时就在河岸近处的水中，不要向深处走。

大家点头。之后，男女分开向两侧走去。我随在男的队伍后边刚要挪步，只见那个被定为凶恶重罪之魂的刘辉煌指了一下剩下的那些灵魂，傲然地问关长：我们还洗澡换衣吗？

当然，只是要稍等等。关长回答。

我们这些男的，到了左侧的那棵天槐树下，纷纷脱衣下水洗起来。下水之后，感到水中的光线依然晦暗，但能看清水澄澈极了。水温有些低，不过也不是凉到无法忍耐。水中好像无鱼，因为没见一丝水草。撩水沐浴时，更感到河面宽阔，有雾气不断从河心的水面上升起，在整个河上飘绕弥漫，这加重了光线的晦暗，也使我们更加看不清对岸的景致。四周静得彻底，除了我们撩水的响动，听不见别的声音。这条河不像人间的河，你站在水里半天也不见有小鱼撞腿，也听不到蛙鸣浪响。

大家相继洗完上岸，岸上果然堆着一堆蓝袍，那些陪伴我们的使者，原本站在岸上，这时便纷纷走到那堆袍子前挑选，大概因为我们已没了肉体，女使者们看我们沐浴并不害羞，不一刻，她们便各拿一件向自己陪伴的对象走过来，很快，我们大伙便都已把袍子穿好。身着清一色的蓝袍，使我们的队伍显得整齐好看多了，而且我发现，每个灵魂穿上的袍子都很合体。

我们再回到原地时，那些女的也已回来。她们穿上白色的长裙以后，和传说中的天使颇为相似。关长让我们在原地站好，然后转向尚没有沐浴的陈东昌、谭立声、刘辉煌和汪美莉他们说：现在你们几个去河边沐浴更衣。和刚才一样，男的在左侧的天槐树下，女的在右侧的天柞树下。

既是都在同一个地方，为何刚才不让我们一起去？这样区分有意义？真他娘的多此一举！刘辉煌非常不满，嘟嘟囔囔地骂着。

待遇不一样。关长倒没生气，只是朗声答道。

还不是一样的河水？怎么，你把河水煮热了？故弄玄虚！刘辉煌继续发着牢骚。

看得出，那几个延后沐浴的灵魂，脸上都有不快，但他们也只好按要求向河边的两个沐浴点走去。

我们全都站在这里等。我心里想，既是都在同一条河里沐浴，其实分两批没有啥意义，只是个名义上的区别罢了。站在我们这个位置，能看出他们已相继下了水，我正估摸着他们何时能洗完，却忽听左侧河中的刘辉煌和陈东昌他们发出了极其惨烈的叫声：啊……天哪……

大家都一惊：出啥事了？我们刚才不是洗得好好的吗？大家还没来得及做出反应，右侧的那个女人汪美莉也尖厉地叫起来：妈呀——！

我们都去看关长的反应，却见他没事似的在原地悠闲踱步。

我和几个灵魂没忍住好奇，向左侧的那棵天槐树下跑去，跑到河边一看，都不由得倒吸了一口冷气，只见几十条鳄鱼正疯狂地攻击着他们，他们拼命地挣扎，想爬上河岸，可那些凶恶的鳄鱼根本不给他们上岸的机会，只见他们几个手捂脑袋一边浮上浮下地躲避鳄鱼的攻击，一边撕心裂肺恐怖至极地呼喊救命。我们中有几个已在岸上扯来树枝，想击退那些鳄鱼去救陈东昌他们，但被随后走过来的关长摆手止住。直到水中那几个男的全都精疲力竭，昏倒在水中，关长才朝水中挥了挥手。很奇怪，他的手一挥，水中的鳄鱼就都掉头走了。关长这才让我们把他们几个拉上岸来。还好，因为没有肉体，他们其实并没受到伤害，只是受了惊吓，几个男的很快又都醒了过来，只用两眼惊慌而怔忡地看着大家。

这只是一次警告。关长冷声说。不要以为到了天国甄域就万事大吉，同时也是让你们体验一下被伤害的滋味。现在初步感受到那滋味不好受吧？关长看定他们说。你们在人间所犯的罪，表明你们的灵魂已改变质地，几与动物相同，今令你们与冷血动物同处，就是想让你们获得动物间以强凌弱的真实感受！你们在人间欺负弱者时，他们就和你们刚才一样，都是一种无助无奈恐惧无比的感觉。遗憾的是，因为你们已与肉体告别，已体验不到肉体疼痛的滋味了。怎么样？还要不要再尝一次？

不，不，不……他们一个个惊恐地摇头。

关长，快去救救那个汪美莉呀！两个身穿白裙的女子这当儿跑过来慌慌地叫道：好多好多毒蛇在缠她！

关长不置可否地向那边河岸走去，我和其他一些灵魂忍不住好奇之心的怂恿，也都悄悄地跟在关长身后。走近了一看，大家全都骇然瞪大了眼：汪美莉已爬到了岸边，只见无数条毒蛇死死缠住她，一条条毒蛇咝咝地吐着长芯子，在她的脸上、脖子上舔来舔去，汪美莉已吓得双眼紧闭脸色煞白，连呼喊救命的力气都没有了。

我们都紧张地看着关长，关长慢条斯理地抬手摆了摆，那些毒蛇便呼地散开进入了水中。原来陪在汪美莉身边的那个使者，这时上前将一件白裙裹在了她的身上。

汪美莉，感觉好吗？关长冷冷地开口。

渐渐睁开眼睛的汪美莉嘤嘤哭了起来。

知道啥叫绝望了吧？当一方不讲任何道理地袭击你而你又无还手之力的时候，那感觉就是你刚才体验到的这一种，你当初雇人开车去撞那对死了女儿的夫妇时，他们的感觉和你刚才的感觉一样。你曾问我还能怎么着你，我没有别的办法，我只能让你体验体验这个。还想不想再体验一次？

她急忙惊恐地摇头。

关长这才说：给她穿好衣服吧。

大家重新回到洗浴更衣前站立的地方时，气氛与之前相比有了变化，那就是一种莫名的紧张笼罩到了大家头上——刚才的场景太吓人了！

我们已做完了第二件事，下边开始做第三件事：喝汤。

喝汤？我一愣。

我发愣的当儿，已有四个使者拎来四个桶和四摞碗放在了我们面前。

先请林文浩等有冤之魂上前喝汤。关长叫罢，林文浩和几个男女上前，分别从使者们的手上接了碗，仰脖喝下了碗里的东西。

你们喝的这叫息怨汤，喝罢这汤，会彻底忘掉人间的冤屈，只保留对人间的美好记忆，从此安心在天国里生活。

那几个冤魂脸上原有的苦相和怨色，果然就没了。

关长这时又喊：请第二批下河沐浴更衣的几位有罪之魂上前喝汤。

刘辉煌和汪美莉他们几个这时都战战兢兢地向前走了几步，接过了使者们递来的碗，老老实实地仰脖喝下了碗里的汤。

你们喝下的是迷魂汤，喝掉这汤，将彻底忘掉自己的亲人。从今以后，你们会在天国的另一个区域里重新开始生活，你们的亲人即使今后也来天国见到了你们，你们也无法相认，你们将永远孤独地接受天国之神给你们的东西。关长说明着。

那几个喝了迷魂汤的全都一愣，但似乎是刚才的警告起了作用，无谁再敢开口表示不满。

下边给轻秽之魂和重秽之魂喝汤。关长又道。

使者们跟着又给那些灵魂每个递了一碗汤。待他们喝完，关长说：给你们喝的是净魂汤，你们喝了这汤，会有利于你们的灵魂净化，会帮助你们愉快地在天国生活，而且能保持你们在人间的记忆。

喝完汤的人都松了一口气。

下边请仁爱之魂、洁净之魂和微瑕之魂喝保魂汤。关长笑着说。这是我自见他以来他第一次露出笑容。他的话音刚落，就有使者给我们每个递了一碗青色的汤。我小口喝着。那汤不咸不辣，不苦不甜，不香不酸，说不清是什么味道，但不难喝。

你们喝了这汤，会使你们完整保持关于人间的记忆，完整保持在人间的感情，以后自己的亲人来到此地，你们可以快快活活地和他们相见，其乐融融地在天国生活。

大家都长舒了一口气。

下边，我们做第四件事：照镜子。关长这时又说道。

大家闻声都很惊奇：还要照镜子？

那关长并不答话，只用手朝岸边的树丛里一指，就见树丛里唰地出现了一面宽十米高二十米的大镜子。我的天，我在人间从未见过这样大的镜子。

大家排成一队，到镜前各照一次，这类似于人间的拍照，以便在灵魂编码库里留下各位的灵魂编码信息。

我们相互看着，显然都觉着意外。然后就依关长的要求，排着队上前照。我前边的灵魂照镜时，我伸头想看看那镜中出现的是什么，可遗憾的是什么也看不见。

只有你自己照时，你才能看清镜中的影像。关长解释着。

很快轮到我站在那个巨大的镜子前了，我原以为我站在镜前时镜中只会出现我的影像，没想到在我的影像出现的同时，还会出现许许多多我一点也不认识的男的和女的影像，我惊愣了一霎之后突然发现，那些男的和女的在面貌上都和我有一点点相像。

那都是你的祖先。站在一旁的关长这时开口向我说明。经他一说，我再去看那些人时，果然发现了更多的相似点：

比如，他们的眼睛都不大但睫毛都长，他们双脚上的第二个趾头都又长又细，他们的嘴巴都宽。原来他们是我的祖爷爷、祖奶奶和曾祖爷爷和曾祖奶奶和更老的爷爷奶奶们。

我能和他们说话吗？我惊喜地扭头问关长。关长摇摇头道：现在不行，以后你们会有见面说话的时候。

我照镜子那刻，忽然发现我的袍子前襟上出现了一组符号：×××××。我正诧异间，只听关长说道：各位袍子前襟上出现的符号，就是你们家族的编符，愿不愿记住都行，那只是供天国管理使者们用的，对你们自己的意义不大。

我离开镜子时很是欢喜：我竟然能见到我们家族的前辈，这可真有意思！

照完镜子后，大家都在议论刚刚获得的家族编符和见到家族先人的事。有个男的极其兴奋地说：我母亲比我提前一个月走的，没想到刚才在镜中又看见了她，她和她生前的样子一模一样，不同的只是换上了白色的裙子，但愿我在天国里能长久地和她在一起……

关长这时摇了一下他手上的一个铃铛，待所有的灵魂都安静了下来，这才又说道：诸位在333339关的事情已经全部办妥，我这个关长已尽完职责，下边有使者陪你们登船驶往各自该去的地方。我没有更多的话要说，只再交代一句，在船上要保持安静，听从船长的指挥，他让谁在哪里下船，谁就应该在哪里下，否则，会有你难以想象的惩罚落到头上……

爸爸，直到此时我们才开始上船，向未知的地方驶去……

## 丁丑

儿子，我虽然不是任何一种宗教的信徒，但我一直相信有天国存在。遗憾的是，我身边不断有学理工科的人告诉我：从科学上讲，只有宇宙只有星系只有星球没有天国。对此，我很痛苦。我曾经向他们恳求过：不管你们懂得多少科学知识，都请不要告诉我天国只是人的想象，让我相信它的存在吧！我被囚禁在必死的命运中，不允许有任何改变，对此我心里充满不甘，我想知道极限的外面有什么。让我相信世界上存在着另一个维度，相信人会打破也能打破时间和空间的限制！请不要弄碎我这唯一的希望吧……

你的经历给了我极大的安慰！

原来天国真的存在！

关于人死后会遇到什么，世上的人们已有很多猜测，留下过很多传说。我过去听村里老人们说过，人死之后要过一座奈何桥，到河的那边。听你的描述才知是真有一条河，只是要在甄别以后坐船过去，而不是随随便便地步行过桥。你坐船过河顺利吗？你现在到了哪儿？河对岸是天国的什么地方？那儿好吗？适宜住下像人间这样过日子吗？自从你走了之后，我和你妈妈就一直在祈祷，企望你能顺利升入天国，走进天堂走进极乐世界。估计你现在已经到了。我不知道过河的航路有多远，中间还要不要经过什么磨难和关卡，但我想，你既然已经上了船，凭你在尘世的表现，凭你的耐力和聪慧，凭你懂得的知识，应该能够应付航行中出现的各种意外，你应该顺利抵达了……

# 名家点评

这部作品非同寻常，通篇由作家和英年早逝的爱子周宁之间的对话构成——可以想见，在决定写作和开始写作它时，作者流下多少泪水。我们甚至不能简单以“作品”看待这部书，它是主人公生命和灵魂自身的呈现与闪耀，足令读者深深震撼。书也是献给“天下所有因疾病和意外灾难而失去儿女的父母”的，他们都会经由阅读理解生命，从中汲取生的力量。我想，它也是献给我们每个人的，因为每个人或迟或早都要立在生存与死亡的渡口。

**鲁迅文学院常务副院长，文学评论家，作家　胡平**

《安魂》这部数十万字的作品通篇是父子生死相隔却又灵魂无间的对话。它的总体由两部分构成：上半部分回忆儿子周宁生前之成长。其中有作者对儿子无比深情的爱与记忆，也有作者对自我的无情的解剖甚至痛恨；下半部分则是儿子周宁进入天国之后父子的对话。以周宁的视线牵引出人类古今历史上的哲人思想与精神锻炼。表面上看，《安魂》是为痛失爱子周宁而作，实际上，则是周大新在为儿子安魂的同时也在为自己安魂，也为天下那些失去孩子的父母安魂，更重要的是，他也是在为这个时代安魂。

**文学评论家　雷达**

**周大新创作谈：**

天黑之前，人生最后一段路途的光线会逐渐变暗且越来越暗，自然增加了难走的程度。这就需要一束束光照亮，这种爱之光的光源无外乎三类，一是他人，包括老人的亲人；二是社会，包括政府和慈善组织；三是老人自己，每个老人经过一生的历练，在心底都积聚或多或少的爱意。三处源头释放的爱意交汇后，发出一种华彩之光，为人生最后一段路途铺上温暖的底色。

## 长篇

# 天黑得很慢（节选）

**万寿公园黄昏纳凉本周主要活动安排**

**周一黄昏·陪护机器人薇薇小姐推介会**

（注：凭身份证入场，65 岁以上人员含 65 岁方可参加，现场免费派送贵重纪念品，入场者每人 1 份。）

**周二黄昏·灵奇长寿丸发售**

（注：65 岁以上老人每人最多只能凭身份证购买 3 盒，男女同等对待；初步证实，1 盒吃罢可延寿 1 个月零 7 天。）

**周三黄昏·返老还青虚拟世界体验**

（注：凭身份证入场，限 70 岁以上含 70 岁老人入场，每人只能体验 1 次，体验费 300 元；体验者须预先准备 1 张本人 20 岁

左右时的照片，体验前交给工作人员。经科学测试，体验 1 次可使心理年龄年轻 2 岁。）

**周四黄昏·“人类未来的寿限”讲座**

（注：特邀纽约“人类寿命研究院”华裔副院长林心涵主讲，告知你长寿的最新信息；因场地空间有限，故要求入场者年龄最低达到 30 岁，即 1987 年出生者，凭身份证入场；讲后免费派发最新研制的微型电子感应血压、血糖、血脂显示器，每人只能领取 3 个显示器中的 1 个。）

**周五黄昏·陪护老人经过谈（上）**

（注：只限持“北京陪护证”的家庭陪护人员参加，入场时要登记姓名及陪护证号码，其他人员禁入；讲授者要求不预先公开姓名，但绝对值得一听；听者负有保密义务。）

**周六黄昏·陪护老人经过谈（中）**

（注：入场要求同上。）

**周日黄昏·陪护老人经过谈（下）**

（注：入场要求同上。活动结束时，到场的每个陪护员可凭陪护证免费领取家用急救箱一个，价值 880 元，本活动由谊达集团赞助。）

以上活动均安排在本园南区半露天剧场内。

周一黄昏

各位长者好！我首先郑重告知诸位，你们今天来到这个活动现场，等于比没有来的老人多了一个长寿的机会！因为我们碧泉养老院软硬件均优，加上拥有了薇薇小姐，经世界养老权威机构考察评审，认为进入本养老院生活的老人，其寿命可能将比那些居家养老的老人平均高出 3 至 5 岁！

3 至 5 岁呀！这可不是一个小数字！

我还要告诉大家一个好消息，今天每一个到场的老人，都可以在推介会结束后去 2 号桌上领取一个贵重的纪念品。男士可领取一个心梗发作报警器，这个报警器可在心肌梗塞病发作的 15 分钟之前发出预警；女士可以领取一个脑中风报警器，此报警器可在脑中风 13 分钟之前发出预警。这两种报警器均是我院特聘医学家研制的，每个价值均在 800 元以上，由此诸位也可以了解我们的科研水平和经济实力。

接下来，我要代表碧泉养老院的董事会和全体工作人员，欢迎你们来到这个推介会现场。来观看和了解目前全国最好最美的陪护机器人——薇薇小姐。

现在，我们以热烈的掌声欢迎薇薇小姐盛装出场。

大家看到了吧，薇薇小姐的身高是 1.58 米，瓜子形脸、柳叶眉，双目灵动，秀发纷披，旗袍合身；因要将有关内置物藏于胸内，她的胸部显得有点过于丰满，但没有超过男性喜欢的限度；她的臀部和双腿还是非常标准和秀美的。她的双脚，由于要支撑体内装载的东西，而显得有些粗大，这是我们要请大家原谅的。薇薇的研制人员已经答应，下一步一定要让她的双脚变得小巧、白嫩、莹润起来。坐在前排的爷爷奶奶们可以伸手摸摸薇薇小姐的皮肤，是不是质感很好？我们的研制人员已经表示，很快就会改用更好的材料来做薇薇的肌肉和皮肤，到那时，你摸到薇薇的身子，那感觉就像摸到真实的姑娘的身子，柔软而富于弹性且会闻到真的处女之身才能发出的馨香味道。

薇薇小姐的智力现在已经达到了 8 岁女孩的智力水平，凡 8 岁女孩能听懂能动手做的事情，她都能明白都能做。研制者们有信心有决心尽快把她的智力提高到 16 岁少女的智力水准，到那时，薇薇就真的变成一位靓女了。

薇薇小姐就诞生在我们碧泉养老院，她的爸妈都是我们的特聘科学家。我们碧泉养老院坐落在北京美丽的清泉山下。院子被山、树、竹、藤所环绕；院内有大片的绿地和花园；有天然的山泉、温泉和人造水系；有供游览观景的亭台轩阁；有被绿植过滤了的澄澈空气；四季都有悦耳的鸟鸣和淙淙的流水声。现在有了薇薇小姐的加入，我们更有决心把养老院打造成一个适宜老人生活的人间天堂。

我们碧泉养老院，本来就有一流的医生团队和陪护团队。医生中有全国最著名的老年医学家方家甄先生，他为世界上多个国家的高龄退休总统看过病；陪护人员中有在国际护士节上获得南丁格尔奖的林韵远女士。任何突发疾病的治疗和护理，本院都可以轻松完成。薇薇小姐的诞生和加入，将使我们的陪护质量得到进一步的提高。薇薇会提醒你何时服用什么药物，会测量你的脉搏和尿样，会触摸你的身体让你有一种温馨亲切的感觉，就好像你的孙女或外孙女来看望你了。她智力只有 8 岁，可个子挺高，这会给我们一个她已成熟的错觉，所以我要提醒先生们最好不要故意去触摸她的身体，那样她会自动拍摄下来并传回中央控制室。

我们碧泉养老院，有着最先进的老人健身设备。薇薇小姐将会陪着你去使用它们，走、跑、跳、举、拎、抡，她都会帮帮你；你想游泳，泡温泉，打门球、网球、羽毛球、乒乓球、室内高尔夫球、桌球，她都会给予周到的协助，你完全可以就把她看成陪伴你的亲人。

我们碧泉养老院，也有最先进的娱乐设备。薇薇小姐会陪着你看电影，会搀扶着你看戏剧，会依偎着你听音乐，会随同你逛超市；她还会同你对弈，下军棋和跳棋，抱歉的是眼下她还不会陪你下中国象棋。在看电影、戏剧和听音乐时，她可能会偎在你的肩头，小鸟依人，给你特别的温馨感；在同你下棋时，她偶尔会悔一下棋，你可以把这看作是她的撒娇之举，不必生气。

我们碧泉养老院，内设多个书吧、茶社、小酒馆和咖啡厅，薇薇小姐会在你读书时安静地坐在一边等待你；会在你品茶、饮酒、喝咖啡时为你唱歌跳舞助兴，还会陪你简单地聊聊家务事宜。她唱的歌有很多是20世纪30、40、50、60、70、80、90年代流行的，倘若你不想听某一首歌曲，你可以对着她摇摇头或摆摆手，她就会再换一首新的。她跳的舞蹈，动作都不复杂，但舞姿非常柔美，相信大家会喜欢。她陪你聊的家务事，只有最简单的几种类型，可能不会令你满意，但你要原谅她，她只是看起来像个大姑娘。

我们碧泉养老院内，设有几十家的京味、川味、湘味、上海味、淮扬味、鲁味、豫味、陕味等各地风味的小餐馆，你若想尝鲜，可告诉薇薇小姐菜名、饭名，她会去为你买了送到房间里。薇薇小姐能熟练地开门关门、上下楼梯和使用电梯。

我们碧泉养老院，设有雕塑、绘画、书法、编织、制陶、垂钓、庭院设计、盆景艺术等多个培训班，你若想在老年这个年龄段再学门手艺和本领，薇薇小姐都会陪着你学习并当你的助手。

我们碧泉养老院里供老人住宿的房子有三种：第一种是这张照片上的单间，供单身老人使用，共有 2000 间。大家看到了，室内有一张最现代化的疗养用床，床头有最先进的监护设备，人一躺上床，其血压、心率和血氧饱和度数值会自动显现出来；床可作各种角度的升降；还铺有自动按摩床垫，睡这种床，决不会得褥疮。室内设卫生间，卫生间里有澡盆和坐式淋浴设施，有供行动不便的老人使用的专用马桶。室内的家具电器大家从照片上也看到了：有衣柜、冰箱、电视机、沙发、餐桌。第二种是这张照片上的双人间，供成对的老年男女使用，共有 2000 间。面积比单人间稍大些，摆两张疗养用床，其他的设施和设备与单人间相同。第三种是那张照片上的豪华套间，共有 1000 间，供经济宽裕的老人使用，有专门的客厅和小厨房，老人入住后，我们会根据其口味配备厨师，做其喜欢吃的美食。这三种房子，都装有安全检测系统、紧急报警系统和红外监控系统，每一间房子里都配有一名薇薇小姐来进行 24 小时陪护服务，当然，除了薇薇之外，每三个老人还配有一名真人护士，这名真人护士除了做好自己的工作之外，也负责为监管的几名薇薇小姐充电、清洁身子、换洗衣服和更新陪护程序。每一名薇薇都有一个编号，以便于大家来区分，比如站在大家眼前的这位薇薇小姐，其胸前佩戴的铭牌编号为 106，你可以叫她 106 号薇薇。

我们碧泉养老院因为开业时间还不长，故到目前为止，三种房间都还有空置的，我们欢迎各位随时向我们提出入住申请。每种房间的收费标准，这个展板上都有标示。鉴于大家在这个闷热的黄昏赶来参加推介会，我们董事长为了回报大家的厚爱，特别提出，凡在这个黄昏提出入住本院申请的，费用优惠 1%，薇薇小姐每天陪伴你时，会特意为你送上一个热吻。

若有哪位想买一个薇薇小姐回家，我们也非常欢迎。因为薇薇所穿衣服的布料、款式不同，每个薇薇的价钱也略有不同，价目表就写在 3 号桌前的展板上。倘是今天就签下订单，我们也在价格上优惠 1%。在你将薇薇小姐领回家后，我们的售后服务人员会定期上门对她进行体检和保养，以保证她每天都能提供正常服务。我在这儿特别声明：薇薇小姐决不会对用户造成任何伤害。我们的设计团队对其设计了三重安全闸门，她对服务对象能造成的最严重的问题只是罢工，她罢工时的面部表情是生气，嘟起小嘴看着你，一手插腰，身子一动不动，与你女儿或孙女生气时的样子几乎一样。用户遇到这种情况时只要拨打我们的维修电话就行了。请问那位举手的老人，你有什么问题要我解答吗？薇薇小姐会不会照护老人大解？抱歉，眼下她还不能完成这样的任务，主要是因为她在擦拭老人身子时掌握不好动作的轻重，对老人的排便要求不能准确应对。也许在不久的将来，经过改进升级的她能有这种本领。你说要我们届时通知你？好的，请你留下你的姓名和联系方式。你叫符晓？好，你的手机号码是 17799999089。请问这个孩子是你的孙子吗？哦，是儿子？我的天，看样子你有八十多岁了吧？这个年龄你还有这么小的孩子，真是可喜可贺的事！

下边，我们请有申请入院意愿和购买薇薇小姐意愿的老人，到1号桌前排队……

周二黄昏

女士们、先生们，大家好！我叫张景仰，是灵奇长寿丸研制团队的首席研究员，在售卖灵奇长寿丸之前，我负责先向你们介绍一下此长寿药丸的诞生经过。

我们知道，世界上几乎所有的人都想让自己在人间活的时间长一些，当然也有极个别的人例外。我们在回首人类成长和发展的历史过程中会发现，生活水平的提高尤其是先进药物的出现，也的确让人类的平均寿命不断得到了延长。欧洲人青铜时期的平均寿命估计只有18岁左右，古罗马时代欧洲人的平均寿命达到了29岁，到了文艺复兴时代，人们的平均寿命为35岁。普希金有句诗写道："屋内走进一位30岁的老汉。"说的就是当时人们的寿命状况。普希金有篇作品叫《叶甫盖尼·奥涅金》，其中的女主人公的母亲36岁已被称作"老太太"。在陀思妥耶夫斯基的长篇小说《罪与罚》中，男主人公杀害的"老太太"只有42岁。到19世纪末，欧洲人的平均寿命也才达到45岁。20世纪50

年代，由于物质生活的丰富及大批延寿新药的出现，欧洲人的平均年龄一下子提升到了68岁。如今，他们的平均年龄大约在78岁。我们中国人的平均年龄，据专家推断，夏代是18岁，秦和西汉时期是20岁，东汉时期是22岁，到唐朝时是27岁，宋代时是30岁，清代达到了35岁，民国时期没有进步，仍是35岁。新中国成立以后，由于生活水平提高，也因为医疗技术提升和延寿新药的不断出现，目前的平均年龄为76岁左右，在一些大城市和长寿地区，平均年龄已达78岁甚至80岁。历史表明，延寿药物的力量巨大，人的寿命有很大的潜能可挖。

那么人的寿命极限究竟有多长?

眼下，推断寿命极限的方法有以下几种：其一，是按生长期来推算。世界上有个巴丰生命系数，巴丰是法国的生物学家，他认为，人的生长期是20~25年，哺乳动物的寿命约为生长期的5~7倍，这样一算，人可活100~150年。其二，按性成熟的时间推算。人的性成熟期为14~15年，不论男的还是女的，长到十四五岁，在性上算是成熟了。一般哺乳动物的寿命是性成熟期的8~10倍，这样算下来，人可以活到110~150岁。其三，按细胞在体外分裂次数推算。美国有个海弗利克博士，此人在实验室条件下对人体细胞进行实验，发现人体的成纤维细胞在体外分裂，到 50 次左右终止，50 次因此被视为培养细胞的“传代次数”，也称“海弗利克限度”，而细胞每次的分裂周期约为 2.4 年，用此算法人类的寿命约为 120 年。其四，生命周期算法。俄罗斯的科学家穆尔斯基和库兹明认为，人的第一个生命周期是诞生时期，也即正常妊娠天数 266 天，第二个周期是 266 天的 15.15 倍，即 11 年，用 11 乘以 15.15，为 167 岁，他们认为 167 岁是人类的寿命极限。

不管用上述的哪种推算方法来推算，人在世上能活的时间都比今天实际活的平均年龄要高很多，也因此，我们应该不断去发明长寿药物来延长人的寿命，来挖掘人类寿命的潜能，为人类造福。目前，世界各国都在进行长寿药物的研究和创造，2006 年的俄罗斯《共青团真理报》报道，莫斯科州立大学的研究人员已经发明了一种强大的抗氧化剂，如果这种抗氧化剂能在人体内持续起作用，可保证人们活到 150 岁以上。2010 年，英国科学家说，他们已从千年冰川中提取到一种细菌，将其制成药物让人服下去，可以让人活到 140 岁，眼下遇到的困难是如何将这种细菌制成药物。还是 2010

年，美国纽约艾伯特爱因斯坦医学院一个科研小组表示，他们已经找到三种基因，可以阻止老年疾病的发生，以此原理研制的药物，可以让绝大多数人活到100岁。我们中国也有很多科学家，在夜以继日地从事长寿药物的研发。我所在的研发团队今天带来的灵奇长寿丸，并不是体制内科学家的研究成果，而是一家民间企业自己招集一批国药高手，汲取历史上的神方妙药研制而成。

在座诸位都是我的长辈，很多人都熟悉汉代历史，该知道汉武帝刘彻当年对常生之术是何等的感兴趣。这也可以理解，一般人都想长寿，何况顿顿有美食可吃、天天有华服可穿、时时有仙乐可听、夜夜有美女可拥的皇帝刘彻，他当然不想死了。为此，他想了很多办法去增寿，在派张骞出使西域诸国时，交代完如何联络西域各国对付匈奴，打通前往西域的商道，扩大大汉国丝绸和茶叶的销售渠道之后，还特别交代了一项秘密任务：到西域探求长寿不老之药。为此，他把一位名叫姚鸣盛的御医安排进西域之行的队伍里，要姚鸣盛在沿途专办这件事。

张骞打通西域商道的事咱留给历史学家去说，我今天想给大家讲的是，那个名叫姚鸣盛的御医在西行路上的作为。这姚鸣盛每到西域一国，都背上一些丝绸和茶叶，雇一个懂得汉话的当地人做伴，去走街串巷，到民间私访当地的名医和长寿名方。在楼兰古国，他从一位白发医者口中得知，该国一批医者利用一种植物罗布麻与其他土药掺合，为楼兰国王制作了一种长寿不老药丸，国王吃了觉得身体状况极好，确有延寿作用，但这种药因原料稀少，他们一月只能做出 3 丸，做出后全部上交国王的总管。姚鸣盛随即向张骞报告了此事，张骞在带姚鸣盛再见楼兰国王时，就直接提出了用最上等丝绸与楼兰国王交换罗布麻丸的事，楼王国王思虑再三，觉得还是不得罪实力强大的大汉皇帝为好，当即取出了 12 丸交予了姚鸣盛，告诉他，请汉皇每月食用 1 丸。在继续西行的路上，姚鸣盛在大月氏国探访民间名医得知，沙漠胡杨的根须经炮制有延寿作用；在大宛国得知，汗血宝马之马鬃在沸水中浸泡之后的水也有延寿作用。在龟兹国，他更听到一个惊人的消息：将罗布麻与汉血宝马的马鬃和千年胡杨的根须还有几味当地草药按一定比例在沸水中浸泡，再加上当地一种无名果仁熬的汤汁，然后将此液体于午夜置于月下两个时辰后让人服用，服 3 匙可延寿半年。姚鸣盛悄悄用丝绸和茶叶换了这几样药材，每样虽都不多，可很齐全。但他辗转返国后，因并未弄清此药方的真假，故没敢向皇帝刘彻报告，只是向刘彻献上了楼兰国王的那 12 丸贡品。刘彻得到那 12 丸长寿药时大喜，当即开始服用，并在此后多次派人携礼物去楼兰国交换这种长寿丸。就是这种长寿丸，使得刘彻最终活到了 71 岁，成为我国历史上第一位寿命超过 70 岁的皇帝。71 岁在今天不起眼，但在平均年龄只有 20 岁的西汉时期，这已是很高很高的寿命了。我们放下刘彻不说，且说姚鸣盛，他回到汉宫之后，悄悄用从西域带回来的罗布麻、汗血宝马的马鬃、无名果仁、几味草药及千年胡杨的根须，开始实验其真假。当时的大夫做药，并没有今天的小白鼠和志愿者可以吃试，他只能自己服用着来看效果，他边做边吃，渐渐开始发现自己变得越来越有精神，他此时已经快到 60 岁，原本手提几十斤的东西就觉吃力，慢慢竟能重新背负一百多斤的药材；原本掉下的牙齿，又生出了新牙；身上的皮肤重新变得光滑无比；阴茎又出现了晨勃。他暗暗称奇，知道是药物在发挥作用，但这时他想，反正此事无人知晓，我何必要进献给皇上？多一事还不如少一事，还是我自己来享用吧。他此后就用此方做药服用，让自己活到了 99 岁，这在当时，实在是大寿星了，引起朝野轰动。当然，无人知道他长寿的原因。他死前，把自己做此长寿药的方法写在竹简上，交给了儿子，为了防止泄密，他在竹简上加了不少无用的字，用今天的说法就叫加密。他的儿子没再进宫做御医，只在民间行医，因此方的用料稀有，他无能力再配出长寿药，方子也就渐渐弃置于木箱之内，几代人过后，竟已无人能看懂那竹简的内容了。后来，西汉亡，东汉立，姚鸣盛的后代携家人东迁洛阳，照旧在民间行医，只是姚家的医术和医声都已大不如过去。一日，姚家后人读到了一本名叫《伤寒杂病论》的书，觉着写得好，便打听书的作者张仲景所住何处，得知张仲景家住南阳郡之后，就生了去拜师学习的心，可惜他到南阳见到张仲景时，张仲景已经重病在身，无力授徒了。姚家后人与张仲景作别时，拿出先人留下的竹简让张仲景帮着辨识，医术高超的张仲景一眼就看明白了那竹简上所有字迹的含义，并用笔写下了在内地可以找到的能够替代罗布麻、汗血宝马马鬃、无名果仁和千年胡杨根须的药物名称，意思是这个延寿方子可以在内地继续使用。姚家后人大喜，回洛阳后，就用张仲景修改后的方子，开始找药配制，试吃一段时间后，果然效果奇好，人显得特别年轻，白发变黑，皱纹见少，力气倍增。一开始他们只将此药用在家族人身上，后来开始用在来求医的老年病人身上，因服了此药后确可使人增寿，一时使得姚家医声又再次大振。姚家就因有了此方，使得他们世代在洛阳行医，一直持续到唐代的安史之乱。大家知道，安史之乱中，安禄山攻开洛阳之后，于天宝十五载正月初一在洛阳称帝，曰大燕皇帝。大燕皇帝登基的第三天，得知城中姚家有长寿不老之药方，遂命手下绑来姚家人，要他们给其献上长寿之药。姚家哪敢不从，便开始为安禄山配药，可惜安禄山没有这份长寿的命，不久被其儿子安庆绪所杀。之后，姚家人又被史思明的部队掠至范阳也就是今天的北京，为史思明家看病。安史之乱被平定之后，姚家人便在范阳一带的民间行医。姚家虽累累迁移，但那个长寿的药方一直没丢并世代相传。话说到了明朝，明成祖朱棣于1421年迁都北京后，听宫中人说有一家姓姚的郎中，医术高强，有长寿药方，可使人延寿多年，遂派人四处寻访并最终将姚家传人招入宫中为御医。正因为有了姚家的长寿药，长期因征战劳心伤体的朱棣，硬是活到了65岁，这在明朝的皇帝中，也算是高龄的了。清灭明之后，明宫中的御医趁乱四散，姚家传人重回民间行医。大家都晓得，清朝晚期的慈禧太后对长寿一事看得更重，她曾广派医官深入各地暗访名医，期望寻到能使其长寿的秘方，最终，世代为医的姚家被查到，姚家的传人重又被召进紫禁城中伺候慈禧太后。正是因了姚家的长寿秘方，早有隐疾的慈禧才活到了73岁。清朝灭亡之后，姚家传人再次回返民间行医。此后，袁世凯、张作霖都曾派人寻找过姚家传人，但姚家人深知为皇帝和高官看病的那份凶险，便隐入燕山深处的一个村庄，靠为山乡农人看病和采药为生。直到近年，我们顺天长寿公司在研究长寿丸的过程中，才偶然得知姚家后人的住处，公司领导亲往拜访，以1000万元人民币的高价，购得他们家族世代相传的长寿秘方。之后，我们又根据现代医学的研究成果，进一步丰富了那份秘方，方研制出了我今天带来的这种灵奇长寿丸。

现代医学认为，人衰老的原因主要有以下七个：一是基因退化，随着年龄增长，人体细胞的处理能力越来越弱，从而引起基因退化变质；二是人体的组织器官随着年龄增加，因各种感染而发炎的地方越来越多；三是自由基给人体带来的氧化应激反应增多，影响许多生理过程的正常流向；四是细胞能量枯竭，心、脑、肌肉等组织细胞的功能衰退；五是人体内的不饱和脂肪酸与其他脂肪酸的比例越来越不平衡；

六是消化酶分泌不足，消化系统发生慢性机能不全；七是钙化作用失调，使血管壁、心瓣膜、脑细胞内积聚了过多的钙。我们在研发灵奇长寿丸时，特别注意有针对性地解决这些问题。

我们的灵奇长寿丸目前已让1555668位65岁以上老人服用过，服用过此丸的老人现均在世，最高龄者已达101岁又5个月，最低龄者也有82岁，总有效率达百分之百。我们作过统计，每吃一盒，约可延寿1个月零7天。因为原材料紧缺，我们的出品不多，今天带来的长寿丸有限，故每个人只能持身份证购买三盒，每盒的价钱为999元人民币，有人说这个价钱很麻烦，还不如要个整数1000的好，我们这也是图个吉利，999就是久久久嘛！现在请大家排好队，先在1号桌交钱，然后拿着收据到2号桌取药，取到药的，今晚就可先服一丸，长寿的事要只争朝夕，不能拖！好，大家不要挤，先排好队。那位老先生，请小心你的轮椅，不要轧了别人脚，什么？你想买4盒？规定是3盒呀，因为行动不便，想多买1盒？很抱歉，我不能开这个头，别的老人会提意见……

## 周三黄昏

各位爷爷、奶奶，非常欢迎你们前来进行返老还青体验。

那则返老还童的成语故事想必你们都还记得——当年的淮南王刘安四处派人打听防老之术，忽一日，有8位白发银须的老汉求见，说他们有防老之法术，并愿把长生不老药献上。刘安一听，大喜过望，急忙开门迎见，及至见到8个老翁，不禁哑然失笑道，尔等自己都这样老了，哪会有什么防老之术？分明是骗子！他正要叫守门人将他们赶走，那8个老人忽然呵呵笑了，说：你嫌我们老吗？那好，你再仔细地看看我们吧。说完，8个老翁忽然全变成了儿童。

有的爷爷奶奶可能还知道，2008年，美国导演大卫·芬奇执导了一部剧情电影《返老还童》，由布拉德·皮特和凯特·布兰切特等演员出演，讲述了1919年发生在美国巴尔的摩的一件怪事：本杰明·巴顿这个怪人，他违反了自然规律，竟以老人形象降生人世，此后越活越年轻，倒着生长。

中国的返老还童成语故事和美国的返老还童电影，都反映了人类的一种愿望，那就是人老之后，非常希望能再返童年，重新过一遍人生。可遗憾的是，在真实生活中，这样的愿望还根本不能实现。不过今天的科学发展已让我们想出了一种补偿办法，那就是用现代影像技术、智能技术和可穿戴技术，创造一个新的空间，让老人们走进这个空间以后，很快地返回到青年时代，短暂体验重返青年时代的美好感觉。我与我的团队，目前就在做这件事，到昨天为止，我们已让128903位老人作了这种体验，他们每个人都感到奇妙而美好。据我们事后跟踪调查统计，这些老人在做了这样的体验之后，心理年龄普遍年轻2岁。大家知道，人有三种年龄，一种是自然年龄，也就是按出生年、月、日来计算的年龄；第二种是生理年龄，也就是按人体组织器官的功能来计算的年龄，这可以从我们的体检数据中看出来；第三种是心理年龄，也就是按心态和智能的变化来计算的年龄。我们创造出的这种返老还青体验，改变的是人的心理年龄，人的心理年龄年轻了，会使他的生理年龄随之变高，自然年龄跟着变长。大家都明白，世界上的老人在逐渐增多。美国对老人在总人数中的占比曾作过统计，1900年，65岁以上的老人在总人数中的占比是4.1%，1940年为6.8%，1975年为8.9%，2000年约为11.7%，预计2050年将超过16%。据我们中国的统计，到2016年年底，全国共有60岁以上的老年人口约

2.3亿，且在未来的岁月里，全国的60岁以上人口还会以每年1000万的速度增加着。到了2050年，全国每三个人中，就有一位是60岁以上的老人。也是因此，怎么服务好老人，让他们的心理年龄变得年轻，从而使他们生理和自然年龄延长，就成为我们年轻人的一个任务。我们今天为你们做的这件事，目的就是改变诸位的心理年龄。眼下联系我们去开体验馆的地方很多，今天黄昏，我们是在万寿公园领导再三的邀请下才来的。

下边，我向大家说明体验的方法和过程。诸位在1号桌交上一张自己20岁左右的照片，在2号桌交上体验费之后，请走进我们的封闭空间A区，在那儿穿上我们给你准备的装具；然后进入B区，在那儿，你会在大型超高清屏幕环绕的空间里发现，自己的白发白须正在渐渐变黑，发际线正在向20岁时的位置恢复，脸上的皱纹正在减少以至完全消失，眼袋很快消去，皮肤开始变白变嫩，眼眸开始变得光润有神，缺损的牙齿重新出现，变得莹白整齐，身高开始恢复到20岁时的高度，与此同时，男士会感觉到自己的阴茎在变粗变硬，女士会觉得自己的阴户开始变得湿润紧致。到最后，你就完全变成了你所交照片上的自己。在发生以上变化的同时，你还能觉出身上奇怪地陡增了力气，有一种想跳想叫想笑的冲动。之后你在工作人员的指挥下走进C区，你此时在墙壁四周的超高清屏幕上看到的自己，已完全是年轻时的模样了，非常立体，挥臂踢腿，活灵活现，这儿会有不少和你一样年轻的小伙和姑娘，他们会与你聊天开玩笑，聊的都是年轻人感兴趣的话题，也许还会有姑娘和小伙对你感兴趣，凑近你向你放电抛媚眼。大约5分钟后，如果你是小伙子，会有一个漂亮的姑娘向你走来，邀请你去附近的树林里散步；如果你是姑娘，会有一个帅气的小伙子向你走来，邀你去小河边走走。你这时不必拘谨，可以大胆放心地拉起对方的手，因为我们不会让事情发展到不可收拾的地步。你拉着她或他向树林里或小河边走时，可以吻一下对方，最好不做更亲密的动作，当然，你真要想做一下也没有什么了不起。拥抱啦，抚摸啦，长吻啦，都可以。当你们走进树林深处或小河岸边正想着找一处更隐秘的地方独处时，D区就到了，此时你会发现，你又已返回了老境，重新变成了今天的自己。这多少有点残酷，但科学目前能做的，也就只能到这一步了。也许在不久的将来，我们的科学家能让你继续向前走，在E区再结一次婚，重新再过一段青春年华。我说这话时看到不少爷爷奶奶在摇头，以为我是在瞎说，在说谎，在骗大家，我本人不是科学家，可我最近在微信上看到了一位物理学家写的科普文章，我下边就现抄现卖地给大家讲述一遍：

当前，科学的最新发现和这种发现可能给人类生存带来重大的影响。

科学界目前有两大发现特别引人注目，这就是暗物质和量子纠缠。先说暗物质。我们原来认为，宇宙的形态是靠万有引力来维持的，星球与星球之间通过万有引力来相互吸引，大家相绕着旋转，忙而有序。但当科学家们仔细计算星球之间的引力时发现，星球自身的这点引力，远远不够维持一个个完整的星系。如果只有现有质量的万有引力在起作用的话，宇宙不可能是今天的样子而只会是一盘散沙。那就是说，今天的宇宙秩序能得以维持，肯定是还有其他物质在发挥作用。而到目前为止，我们人类还没有看到和找到这种物质，故称其为暗物质。科学家们进一步通过计算，算出要保持宇宙现在的运行秩序，暗物质的质量，必须5倍于我们现在看到的物质。再说量子纠缠。科学家在对物质的研究中，在进入分子、原子、量子等微观级别后，发现了一种神奇的现象：量子纠缠。就是说，两个没有任何关系的量子，会在不同位置出现完全相关的相同表现。比如两个相隔很远的量子，二者之间原没有任何常规联系，可一个若出现状态变化，另一个几乎在相同的时间出现相同的状态变化，而且是一种规律，不是巧合，是经实验反复验证了的。这些科学发现，颠覆了现有的物理学理论。我们现有的物理学理论，都以光速不可超越为基础，可据测定，量子纠缠的传导速度，至少4倍于光速。这使我们原有的对世界的认知受到了挑战，我们原来认知的物质，仅仅是这个宇宙的一部分，而且是很少的一部分，可能只占5%。既然宇宙中尚有大部分的物质我们不知道，谁敢说那些物质将来不会影响人类的生存状态？不会提升人的寿命限度？不会让人返老还青？既然两个量子可以神秘地发生纠缠，人的生命长度为何不可以神秘地发生改变？人的年老和年轻两种状态为何不能神秘地进行转换？

一切皆有可能！

等着吧，在座的爷爷奶奶们，也许就在不久的将来，我们的科学家在神秘的宇宙里，能够将你们再送回年轻时代，送回你们青年时代赖以存在的那个空间，让你们再享受一次美妙的青春！

永远不要悲观！想一想，一千年前的人类怎么可能知道他们的后人会坐上时速三百多公里的高铁？会乘上时速近千公里的飞机？

好了，我们还回到今天的体验。

各位爷爷、奶奶们，我保证今天的这次体验对于你们，绝对是一种崭新的经历，对于你们的身体和心理，绝对大有益处，下边我们的体验正式开始，一次能进 5 个人，5 个人可以同时在不同的 A、B、C、D 区开始神秘的体验，请把美妙的音乐放起来！

那位拄拐杖的爷爷，你举手是想问什么？你今天能不能连做两次？抱歉，不行，你看已有那么多的人在排队，这样吧，我们明天黄昏应邀到荷花公园组织体验，你可以再去那里，你叫连发福？好的好的，我记住了，明天黄昏我一定让你再体验一次。

第一批的 5 名爷爷奶奶，请走进 A 区……

## 周四黄昏

朋友们，大家好！能来到万寿公园给诸位讲讲我对人类未来寿限的预测，感到非常开心。感谢公园负责人的盛情相邀，让我第一次把演讲的地点放在中国北京自由开放的公园里，而且是在这种美妙的黄昏时刻。

人类的未来究竟是一个什么样子，人类未来的寿命有多长，寿限有多大，很多人都在预测。以色列耶路撒冷希伯来大学的尤瓦尔·赫拉利教授在他的《未来简史》一书中预测说：人类在减少了饥荒、传染病和战争之后，在 21 世纪会为自己定下新的奋斗目标，这个目标很可能是克服衰老、战胜死亡、获得永生和幸福快乐。

我对他的这一预测很感兴趣，我觉得他说的有一点道理。

我作为人类学的一个分支——人类寿命——的专门研究者，结合当今科学的发展状况和科学在未来的可能拓展方向，也对人类的未来主要是人类的寿限作出了自己的预测。我的预测当然不可能做到都准确，但它也许能给诸位打开窥视未来人类生命现象的一扇新窗口。

需要预先说明的是，我今天对这个问题的讲解不可能很细，因为细讲需要更多的时间，也需要特殊的设备和条件。

我的总体预测是：人类在未来会利用一切科学技术手段

为自己延长寿命，这是人类的一种生存本能；人类绝不可能在未来满足于某一个高水准的寿限平均值，从而停下追求的步伐；人的贪婪本性在这个问题上会显得特别突出，在延长寿命这条路上，人类决不会为自己设置一个终点显示牌。

换一句通俗的话说，就是“延寿之路无限长！”

我预测，人类未来的寿命平均值很可能会先后跃升到四个台阶：第一个台阶，120 岁。这个台阶，目前只有极个别的人能登达。我知道在中国的海南、广西、河南、新疆的一些地区，有人迈上了这个台阶，比如 2013 年过世的广西巴马的罗美珍女士，活到了 127 岁；至今健在的新疆的阿丽米罕·色依提，已经 130 岁了；四川成都市双流区的朱郑氏，已经过完了她的 117 岁生日，离这个台阶很近了。可眼下看，登达这个台阶的总人数还实在太少。而在未来，它是人类寿命均值所迈上的首个台阶。第二个台阶，150 岁。据我们研究院在全世界的统计，目前还没有在世的人迈过这个台阶。第三个台阶，180 岁。迈上过这个台阶的人，只存在于某些国家的地方史志里。第四个台阶，230 岁。在中国民间的传说里，曾有一个人迈过了这个台阶，但仅仅是传说。120、150、180 和 230 这几个数字用在别的方面，无人会留意，但用在计算人类寿命上，却是非常巨大和惊人的，也是我们的前人连想也不敢想的。就是在当下，绝大多数人也不敢相信。我想现在的台下听众中，肯定有很多人也会对我的这种预测轻蔑一笑，认为我是一个疯子，在说疯话。对此，我不想立即辩解。我眼下只想重申我们人类目前都认同的一个观念：人的生命神圣无比！把人的生命尽可能长久地延长和保存下去，符合我们人类共同的价值观。

我所以预测人类的平均寿命在未来会迈上这四个台阶，是因为我认为人类的生命在未来不再是一个个生物体的自生自灭，不再是单个人对衰老和死亡的独自抵抗，而是即将变成一个依靠科学技术支撑的过程，一个汇总全球科学家共同来做的生命系统工程，这个系统工程在科学家们的一致努力下，将日趋完善和提高效能。

我首先谈谈人类未来的生育问题。出生，是人的生命的起点，起点的状况对生命的长度有极大的影响。我想告诉大家，未来新的科学技术可能会带来人类在繁衍方面的革命。我们都明白，过去和现在，人类繁衍的基本方式是通过异性之间的交配来完成的，雄性生殖器官进入雌性生殖器官，将精子输送到雌性的子宫里去，在子宫里，卵子会受精，然后受精卵会逐渐发育成胚胎，使婴儿得以诞生。但可能要不了多久，婴儿的诞生就不需要男女交配了，因为随着人工授精和试管婴儿技术的成熟，特别是随着干细胞研究的发展，今后可能就不再需要取卵子、精子了。日本京都大学的一位教授已可以将人的皮肤细胞变成胚胎干细胞。到那时，一对夫妇若想要孩子就会去诊所，男女双方只需提供少量皮肤样本，诊所将女性的皮肤细胞转换成成熟的卵子，将男方的皮肤细胞转换为成熟的精子，让它们接触变成受精卵，胚胎就形成了，再放进人造子宫，婴儿就可以诞生了。前不久，德国一家新闻社报道，位于柏林市山达根八号的新人类公司，已用孵化器为德累斯顿的霍夫曼夫妇培育出了一男一女两个健康的孩子，而且只用了 6 个月的时间，当然，他们这次用的还是自己真的卵子和精子。更重要的是，人们对于受精的胚胎可以进行基因改造，把一些可能引起遗传疾病的基因通过基因编辑技术筛选下去，这就等于人们将来可以根据自己的喜好来定制婴儿。在生育方面最新的变化是：将 3 人或多人 DNA 混在一起的辅助生育技术开始取得成果，就在 2016 年，墨西哥已有一名婴儿是在使用三人 DNA 这种技术下诞生的。乌克兰一家医院前些日子也宣布，有 2 名不孕不育妇女通过这一技术受了孕。这些孩子的父母已不是我们传统观念中的男女两个人。人类的繁衍方式已开始发生翻天覆地的变化。男女的性交很快将不再附加生育功能，从而变成一种纯粹的娱乐行为。女士们再不必担心生育会改变自己的体型，不必再去尝十月怀胎之苦，不必再去忍受呕吐、便秘、浮肿、肥胖等痛苦了，尤其是不再尝受分娩时的那种剧疼了。未来这种变化了的生育方式，会为人类的长寿打下坚实的基础。

人类未来的食物与今天相比，也会有很多改变。诸位都明白，人体是靠吃来增添能量维持活力的，吃好才能长寿。未来人类在吃的问题上将会有 3 个变化，首先是品种增加。我们今天认为不能吃的一些东西，迅速发展的科学会发现它们的食用价值，比如很多昆虫，它们所含的蛋白质，比肉类还多，将来可能会有一个食用昆虫蛋白市场出现。再又如很多种藻类、一些野草和树叶里，也可能蕴藏着丰富的于人体有益的营养，经过加工也都可能成为人类的食品。其次是人造食物增加。目前，已经在培养皿中生产出了小牛肉，其营养成分很好。通过非农业途径生产单细胞蛋白，也就是俗称的“人造肉”，是一种微生物食品，用发酵法生产这种单细胞微生物就可以得到极为丰富的单细胞蛋白。医学已经发现，更多的肉类消费是造成饮食类疾病的一个原因，有些人患高血压、高血脂、高血糖病，多少都与食肉有点关系，而食用人造肉就可避免出现这种现象。最后，人对食物的加工技术和储存方法也会出现新的变化。传统的尤其是炸和烤的加工方式会逐渐被抛弃，清蒸、清炖、水煮、凉拌生吃的食物品种会显著增加；真空储存食物之法将会更加普及，未来的家庭除了配备冰箱之外，还都会配备真空制作器。人吃好、吃美、吃对了，人的寿命自然会延长。

我在这里想要特别谈谈人类未来的性爱，这个问题对于人来说，是除了吃之外最重要的一件事情，与人类的寿命长度紧密相连。在座的都是过了 30 岁的人，应该不会忌讳我谈这个问题。过去，很多人因为没有处理好此事，令自己的寿命大大缩短，从而使得人类的寿命平均值下降。为了在未来最充分地满足人类的性爱需求，除了鼓励更多男女通过自由恋爱解决性爱问题之外，科学还会分两步给人们提供性爱方便：第一步，解决不在同一空间的男女情侣的性爱问题。我们今天的性爱，要求男女两个人必须在一个空间里，在一个房间里，在一张床上、桌上、地毯上，也就是说，两个人必须在一起。这自然会在分别、分离和分居的情侣之间引发痛苦并对人的寿命产生微妙影响。但在未来，不再需要这个条件了，虚拟现实技术和高度仿真性爱机器人技术的进一步发展和结合，使远隔千里万里的远距离性爱成为可能了。届时，虚拟技术会把远在千里万里之外的情人的全部体态、神态传送过来，并转换到你面前的高仿真性爱机器人身上，等于把你的情人在瞬间由千里万里之外一下子拉到了你的面前，让你的视感非常逼真，看得见对方身上的每一根毛发和眼珠的每一次眨动及面部的每一个表情；让你有敏锐的嗅感，闻得到对方独有的肤香和发香；有听感，听得到他或她的轻微呼吸和低声呻吟；而且会让你对情人有真切的触感，拥抱亲吻虚拟的对方犹如拥抱亲吻真人一样。你的情欲因此会汹涌而来，你会立刻与虚拟的对方做爱并获得最满意的快感。第二步，造出真人体性爱机器人，彻底解决男女比例失衡与不幸婚姻的问题。如果一个男人找不到妻子，或一个女人找不到丈夫，或一个人虽然结了婚但与对方有了矛盾没了感情一时又无法分开，那你就去买来或租来一个真人体性爱机器人，与真人体性爱机器人做爱和与真人做爱几乎没有不同，人类的性需求会得到最大最充分的满足。到那时，猥亵、强奸一类的事情再也不需要发生。当然，那时，每一个真人体性爱机器人出厂时都会在其身上注明：请勿与我谈感情，我不是真人。真人体性爱机器人能真到什么程度？我认识的一个专搞这方面研究设计的美国科学家告诉我，按他的设想，将会真到你很难分辨出来对方是机器人的地步，除非你特意用手术刀打开他或她的头部，看到其中隐藏的芯片。他们的体液和血液都与真人一样，接吻时，他们舌头上的唾液给你的感觉与你亲吻真人时没有不同；假如你碰破了他们的皮肤，他们会和真人一样流血。若他们身上的标注被拿掉，混进人群里，没有仪器帮助你是找不到的。就在昨天，我们中国一个从事这方面研究的科学家告诉我，按他的设想，将来做出的真人体性爱机器人，为满足人们不同的心理需求，在体形上会有高矮胖瘦之分，在脸型和神态上，男的会有威武、清俊、放浪之分，女的会有妩媚、端庄、爽朗之分，而且会把目前男性身上的所有优点都集中在男性性爱机器人的软件上，也会把目前女性身上的全部优点都集中在女性性爱机器人的软件上。将来，男人租来或买来的女性性爱机器人，会对他千般温柔；女人租来或买来的男性性爱机器人，会对她万般呵护。双方之间根本不会发生责备、生气、辱骂、打斗、冷战、哭闹、争吵、撕扯一类的事情。如此，人心情好了，寿命自然就会延长。这样的真人体性爱机器人造出之后，人们耗费在寻找性爱对象方面所用的时间与精力会大大减少，人们与做爱的对象之间互相伤害从而需要坐牢的现象将会彻底消失，人们在性爱问题上要经历的痛苦与烦恼也会大大变轻，这当然会为人的长寿打下又一个基础。不过，随着人类身体的逐渐虚拟化、机器化，未来人们的性活动中，感情的成分会越来越少，性爱双方到一起时不再说爱谈情，性的本能需要会再次成为主宰，这也是需要我们正视的问题。

未来，人类对于疾病的处理与我们今天的看病会有很大不同。过去和当下，人的某一器官有了病变以后，办法先是服药，如果服药不见效果，或是有了肿瘤得了癌症，服药根本无效，那就进行外科手术。不论是内科服药治疗还是进行外科手术，都会给人带来很多痛苦，服药，会给其他器官带来损害；手术，经常有失败和效果不佳的情况出现。而在未来，治病的方法会有根本的改变，因为利用干细胞生成器官的方法非常简单，加上各种器官置换手术程序统一且全用电脑控制，止疼、止血、缝合都是由电脑控制的机器人操作且非常快捷安全，恢复也非常快，你一旦发现某个器官有了病变，可以去大街上的器官商店用自己的干细胞再定制一个，然后拿上回到社区医院进到相应的器官置换室，躺上操作台，由操作员或自己亲手启动机器人，很快就会为你换一个新的器官，人几乎没有痛苦。我今天刚刚得到消息，澳大利亚悉尼大学与美国哈佛大学、东北大学合作，已于近日研制出了一种天然弹性蛋白凝胶，将这种凝胶涂抹于伤口之上，很短的时间便能使伤口愈合，目前已准备在人体上实验，很快就可能用在医院的手术中去。试想，有了这种凝胶，我们将来的器官置换手术，还能有痛苦吗？当然，脑部是不能换的，脑部一换，人就不是原来的人了。不过，要不了多久，科学家就会把一大批纳米机器人施放进你的脑子里，让它们帮助修复你的大脑或消灭大脑内的肿瘤。那位坐轮椅的朋友，你举手是有什么问题要我说明吗？让老人换一半脑子？哦，这个问题我一下子还不能给你明确的答案，因为脑子的问题牵涉到人的自我认知问题，换一半脑子会造成什么后果我说不清楚，会不会让王老七变成韩老八了？这样吧，我把你的问题转交给一个专门研究人脑未来的病理学家，他会给你确切答案。你叫什么名字？严升龙？你的手机号码？

12001131918，好，你会在7天内接到他的电话。下边我们继续讲原来的内容。消除疾病技术的快速变化和提高，为人类的长寿提供了更加重要的保障。

未来，一部分人也可能会利用冬眠和人体冷冻技术来延长寿命。眼下，一些内科医师正运用低体温疗法——使患者在数天之内体温下降若干度，以治疗创伤性脑损伤和癫痫等疾病；也有科学家正研究，使人保持类似睡眠的状态长达数天乃至数周之久，然后在不造成副作用的情况下将其唤醒；还有医学家对于暂时不能治疗的绝症患者，在征得他们同意的情况下对其身体进行试验性深度冷冻保存，以待医学发展到可以治愈其病的时候再令病人苏醒。这些研究性试验性的人类冬眠和人体冷冻技术，在未来会有更快更大的发展，也许就在几十年或百年之内，人们为了长寿，在天气不好或情绪不好时，给家人或朋友交代一句：我冬眠了，记住在明年春天唤醒我。然后自己随便吃下一颗药丸，就可以一下子睡上几个月或半年。未来，城镇的社区里都设有专门的人体冷冻库，当一个人患了医学暂时无法很好解决的疾病比如某一种血液病后，他可以去往社区的人体冷冻库，先在电脑上填写一张表格，写明自己所得的病名，注明当此病可治时唤醒自己；然后，进入库内的冷冻床上躺下，由工作人员开启深度冷冻开关，令其身体进入冷冻状态。当然，这种用技术延续生命是需要金钱支持的，那些富裕的老年人，会拿钱来续命，他们将推动时间价值的全面评估。

未来人类生活中的乐趣和欢悦会更多，这也有利于人长寿。第一件令人高兴的事，是人们在未来能快速地到达地球的任何地方旅游。时速达 1100 多公里的超级高铁项目可能在百年之内正式建成，而且在建成十几年后会将时速提高到 6500 公里，人们会在低压管道中被快速运送，从纽约到北京只需 2 小时，环球旅行也会在 4 小时之内完成。家用氢燃料电池汽车会很快诞生，可陆行也可飞行，续航距离在 2000 公里以上。天空母舰会在 120 年后建成，水上航母将退出历史舞台。第二件令人高兴的事，是大约在 220 年后，人类会摆脱睡眠机制。人们能在全天 24 小时内保持良好的精神状态，只在每月休息一次，睡上几个小时以补充能量。也因此，人类的潜力极限将在科技的带领下实现突破，人类的肉体会获得升级。装有探测器和嵌入式计算机的隐形眼镜和助听器，很可能被永久植入体内，使人类获得夜视能力与穿墙的听力。外骨骼和与大脑连接的假肢，将会为残疾人恢复移动力并使人们在山间行走如履平地。第三件令人高兴的事，是益智药将使人类的智商更快升高。如今聪明人的智商得分是120~140，未来，人类的平均智商将有很大提升；现在，天才的得分是141分以上，未来，天才在人类总数的占比上将会大大增加，智商得分在150的人会有很多，我们每个人的身边将来都会有天才存在。仅仅在250年后，知识将载入生物芯片被植入人类的大脑，死记硬背的学习方法会被彻底抛弃，传统的长达十几年的教育，可能缩短为几周的移植教育，现在意义上的学校会全部消失。那时想学什么，带上传感器接收一下就成了。这种生活中乐趣和欢悦的增加，自然对增加人的寿命有好处。

未来，随着交通的便捷和人际交往的频繁，地球完全变成了一个村子，各个种族之间通婚的现象将会更加普遍，也因此，各人种之间的体质差异将会逐渐消失，这也为长寿技术的更快普及创造了条件，对延长人的寿命自然有好处。2012年10月，一组英国科学家对1000年后人类可能进化成的新模样，进行了预测。结合他们的预测及我的研究成果，我认为，将来的地球人可能是单一人种，未来的人与我们今天相比，会有6点不同：一是身上的毛发会变得更少甚至不存在。这是由于中央加热系统和保温服装的不断改进，使人类身体自行保暖的需要大大降低，人的头发、腋毛、汗毛和阴毛都可能逐渐消失。二是肚子会变小变凹。这是由于更多的减肥食品的出现和人们对肥胖的恐惧，促使未来人的肠子会逐渐变短以避免吸收太多的脂肪和糖分。三是手指和手臂会更长。这是由于触屏类电子产品的更广泛使用，人类的身体需要提供更加复杂的眼手合作功能。四是头部会变尖变小。这是由于太多需要记忆和思考的工作在未来都被电脑等电子设备取代了，人类的大脑要适应这种变化。五是嘴巴会变得更小。这是由于未来人类的食物，会加工得越来越细越来越软，很多必需的营养可以通过液体和药片来获取，故未来人类的牙齿也会变得更少，下颚会收缩变凹，樱桃小口将成为普遍现象。六是身个会更高。由于人类不断改善营养，人的身体会变得更高，如今普通美国人的身高比 1960 年的平均身高高出了 2.54 厘米，按这个变化速度推算，1000 年后，每个人的身高都将在 1.82 米至 2.13 米。大家可以看看那个展板上的那张画像，那就是人类未来可能的模样。你们是不是觉得未来的人类与今天相比，不仅没有变得更英俊，反而有些丑和怪了？如果用今天的审美观去审视，确实是这样，可我提醒大家，审美标准是随着人类社会的发展而不断变化的，到了那时，审美标准也就与今天不同了。

未来，人老之后的外貌会与今天的老人完全不同，老人的心理年龄也因此会变得更加年轻。有统计材料显示，眼下中国中位数年龄已高达36.7岁，也就是说，中国目前已有50%的人的年龄大于36.7岁，这意味着中国已经进入中高龄社会，这是几千年中国历史上都没有过的现象。而人进入中高龄之后，有一个最显著的特征，那就是皱纹增多，年龄每增10年，皱纹的数量和深度常会增加一倍。社会上脸有皱纹的人达到一半，这给我们的感觉并不好。人年纪大了为何会满脸皱纹，这是因为人的皮肤中脂肪细胞随着年龄的增大在不断流失，脂肪细胞的减少和不足，使皱纹得以形成。目前，美国宾夕法尼亚大学的乔治·科察雷利斯教授所带领的研究团队，已经可以使脂肪细胞再生，也许要不了多久，这项技术就可以使用到人身上，也就是说，使脂肪细胞在老人起皱的皮肤中再生，让老人的脸和脖子再次变得光滑无痕。想一想吧，当你70岁80岁之后，你的脸上和身上与你的儿孙一样，没有一道皱纹，都是光光滑滑的，那将多么令人振奋！此外，人的脑袋虽在未来不能更换，但人的眼球、牙齿和耳膜是可以更换的，当你换上了根据你的基因新造的眼球、牙齿和耳膜，你的视力、咬力和听力与年轻时一模一样，你还会在乎年龄大吗？这将会为老人消去很多心理障碍。过去老人们因社会厌老心理不平衡对年轻人常说的一句话是：我曾是你，你将会成为我。在未来，老年人可能会对年轻人说：我曾是你，我未来仍像你。老人恐老心理的消去，也会促成寿限的升高。

人类在未来将会与智能机器人群共同享有地球村的生活。我刚才在谈到其他问题时，已经多次说到了智能机器人，但我在这里要特别强调，未来的智能机器人群将是非常庞大的，也就是说他们的数量将会非常之多，人类社会的各个角落，都将有智能机器人群存在。人类将会把很多种类的工作都交给机器人来做，不仅仅在城市中的办公室、医院、商场、工厂、饭店里会有机器人，农田里、山林中、大海上、天空里、战场上都会有机器人群。就在最近，中国的机器人已开始送快递了。将来，可能 100% 的人类体力工作都将交由机器人承担。人类必须要和这些在智慧上一点也不比自己差的机器人共居、共建、共享一个社会。必须解决好他们的补能、休息、居住、安葬等问题。而且要充分考虑到他们与人类的矛盾与纠纷之事。我这次回国后，特意去看了一家物流公司的“小橙人”机器人在物流仓库工作的场面，那场面太令人惊奇了，330 个机器人，在仓库里自由行动，分拣 5 公斤以下的小件包裹，每小时竟能分拣出包裹 1.8 万件，而且分拣的错误率低，效率高，能减少 70% 的人工。这只是物流领域里机器人工作的一个场景，未来，类似这样的全靠机器人做事的场景会出现在更多的领域里。这一现象表明，人类在未来不需要再去干脏、累、苦的活儿，从而会生活得更加安逸、舒服和畅快，这也是未来人类长寿的重要原因。

未来，人类中的一部分将会移住其他星球，这部分地球移民的寿命将会有更大幅度的提高。人类移住其他星球的事，已经说了很多年，但最近几年，这种前景变得更明朗了，也就是说，基本确定是靠谱的事情了。2015 年 4 月，在美国华盛顿举行的一场公开讨论会上，美国航天局的科学家说，他们确信人类在宇宙中并不孤独。他们认为，既然在我们的星系中存在着数量惊人的海洋，那么肯定可以在太阳系里发现有机生命体，这已不是一个能否的问题，而是何时发现的问题。最近一个时期，人类发现地球附近的许多天体上隐藏着水，木星的卫星木卫二的冰壳下面很可能存在着大片海洋，土星的卫星土卫二上可能存在着含沙温泉，木星最大的卫星木卫三上已确定存在着咸水海洋，除了这些，还有许多卫星和矮行星上都可能存在着维持生命的宝贵的液态水，这证明太阳系是一个湿润的地方，恒星周围和巨行星周围都是生命的宜居带。也许在 10 年内就能发现地球之外存在生命的强烈迹象，20 年内找到地外生命存在的确凿证据。2016 年 12 月，蒙特利尔的麦基尔大学的研究人员利用西弗吉尼亚州的“绿岸望远镜”，探测到由御夫座发出的 5 次无线电脉冲，每次持续几毫秒，频率为 2 吉赫；利用波多黎各的阿雷西博天文台探测到了一次，频率为 1.4 吉赫。他们从这个源头先后共探测到了 17 次无线电脉冲，这些研究人员认为，这种重复性脉冲不是一次性的偶然现象，极可能是由某颗中子星上发出的信号。我个人认为，这是生活其上的智慧生命在同我们地球人联络。据总部设在旧金山的“向外星高智生物发讯息”组织公布，他们打算在 2018 年底通过无线电或激光发出一些开启对话的信息。只要我们找到了适宜生命存在的星球，人类实现居住地的迁移就有了保证，剩下的就是前期勘察，制定迁移规划，制作运输工具。当然，这需要很长一段时间。另有消息说，大约在 60 年之后，科学家能在月球建立首个人类城市。更大规模的移民也许需要几百年时间。还有一个最新的消息，特斯拉的 CEO 埃隆・马斯克说，他计划从 2024 年开始，逐步把 100 万人送上火星，并在那儿建立起一个完整可持续的文明，给人类留下一个备份。如果未来人类中的一部分真的移住到了其他星球上，一开始就注意保护那儿的外部环境，移住者的寿命自然会有更大的延长。我们中国民间很早就流传着一句话：天上活一天，等于地上活一年，那时，由于移民们寿命的延长，连带着会使整个人类的寿命均值有更大的增加。

在谈完我自己的预测之后，我还特别想向大家转告谷歌工程总监雷・库兹韦尔先生关于人类未来的一则预言，他的预言是：人类将在技术的帮助下，于 2029 年看到永生的可能性，并将在 2045 年实现永生。

他的这一预言我听说目前已开始在我们中国人的微信圈里流传。

他的预测比我的还要大胆和乐观。

雷・库兹韦尔先生是我很佩服的一个人，我曾经参加过他组织的会议。他先后发明了盲人阅读机、音乐合成器和语音识别系统，被誉为爱迪生式的人物。他曾获九项名誉博士学位，两次总统荣誉奖，被美国麻省理工学院提名为“当年杰出发明家”，现任美国奇点大学校长。他的预言能力如同神仙，1990年，他预言到1998年，计算机将打败国际象棋冠军，到了1997年，IBM的深蓝计算机就打败了国际象棋冠军加里·卡斯帕罗夫。1999年，他预言10年后，人们将通过语言对计算机下指令，结果不到10年，就变成了现实。2005年，他预言5年后，虚拟解决方案能提供实时的语言翻译，外语能被实时翻译成你的母语并用字幕呈现在你的眼镜上，如今，这也已被证实。他最著名的贡献就是发现了加速循环定律，认为技术的力量正以指数级的速度迅速向外扩充，人类处于加速变化的浪尖上，更多的、更加超乎我们想象的极端事物将会出现。

他所以断言人类在2029年将会看到永生的可能，是因为他认为，人脑当下的能力有限，至少比电子计算设备慢100万倍，当我们让纳米机器人透过毛细血管，无创伤地进入我们的大脑，与我们的新皮质连接起来，并与云计算联系起来，人的聪明程度就会呈指数级提升。聪明之后的人们，会让医学发生翻天覆地的变化，会对落伍的生命软件进行重新编程，改变我们体内 2.3 万个基因的小程序，通过对基因的调校，让它们远离疾病和衰老。到 2029 年，我们将抵达一个临界点，医学科技将让我们每个人每活一年，剩余的寿命就增加一年。而到了 2045 年，医学科技已可以消除一切疾病并永远保持人体组织和器官的生命活性，人类千百年来一直盼望解决的永生难题，便可以解决了！

假如雷·库兹韦尔这次的预言又没有落空，那么——

我就要收回我刚才所说的那些预测了。

人真的就要永生了！

我很愿意看到雷·库兹韦尔先生的这种预测没有落空！因为我也可能成为一个受益者，变成一个永生的人。

至于人永生后的地域管理、社会管理、地球管理和很多的生活难题和伦理问题，自然会有政治家、社会学家、经济学家和伦理学家去处置。

朋友们，我希望你们一定要争取活到 2045 年，最少也要争取活到 2029 年！

那样，你也许就可以看到一个崭新的世界！

即使他的预言落空——落空的可能性也是很大的，因为它违背了太多的科学规律和人间定律，大家看不到他描述的世界，但极有可能看到我刚才描述的世界，我所描述的未来世界也同样美好和诱人！

未来值得我们期待！

在这期间，我提醒你们要特别警惕发生意外，特别是防止车祸、空难、枪击、踩踏事故并小心发生恐怖袭击。目前，在世界各国，车祸每年都要夺去无数人的生命。在我们中国，车祸的发生率也相当高，每年都有很多人因车祸丧生。据我们研究院统计，世界上因车祸而丧生的人多数在 15 岁至 40 岁，这会大大拉低人类的寿命均值，更重要的是，因车祸而死没有意义。

活着，也是一门专业，是一门我们需要在社会大学里学习的专业，我希望大家每天出门前都要仔细想一下：我今天出门可能会遇到哪些危及我生命的危险？从而做好预防的心理准备。总之，要使自己很专业地活着，尽最大可能延长自己的生命。

奇迹极有可能出现！

我祝福你们！

## 周五黄昏

各位阿姨、姐姐、妹妹们，大家好！

作为陪护老人的同行，我要实话告诉大家，我没有什么特殊的陪护技术和本领。我也从没有给别人讲过什么课，我根本不知道该给大家讲什么，可万寿公园的韩阿姨一定要我来和大家见见面说说话，那我就讲讲我干陪护的经历吧。大家要是听着觉得有点意思，就坐下来听；若感到无聊，可以随时起身离去，不必坐在这儿受罪。

我老家在河南的南阳乡下，来北京干家庭陪护是偶然所为。

我高中阶段的学习成绩不是很好，所以高考填第一志愿时就只好填了南阳医学专科学院。我学的是护理专业，学历是大专。医专一毕业我就来了北京。按说一个大专生是不该来北京找工作的，这边学历高的人多的是，工作机会虽多但竞争特别激烈。可当时我爱上了一个人，他是我高中时的同班同学吕一伟，家在我们的邻村吕家庄。他高考时考上了北京航空航天大学，我三年大专毕业时，他该上大四，他说他想接着考研究生，我知道他家很穷，他的爹妈全靠种地，挣钱非常艰难，不像我家，我爹是泥瓦工，会帮人盖房子，我娘会编草席，挣钱多少要容易些。我想我得来北京，他上学需要学费，我来北京找份工作，好在经济上给他支持和接济。你们别笑，我当时就是这样痴情，我那时坚信世界上最珍贵的东西是就我和他之间的爱情！

许久以后我才明白，我那时其实是个傻瓜，世界上真正持久存在的，不是爱情。爱情只是诱惑人度过青春期的糖块，含到嘴里一化就没了；它看上去晶莹好看，其实不过是露水珠罢了，风一刮日一晒，就无影了。

来到北京我才知道，一个大专生想在这儿找份可心的工作可真是难于上青天。我到处求职到处碰壁，最后总算在一家私人诊所里找到了一个护士的岗位，可开给我的工资只有2600元。我租住了一间地下室，月租金是600元，吃饭差不多还要花600，穿衣也得花一点，剩下的那点钱，既要给男朋友还要给父母，确实紧张得厉害，这就让我不能安心在这个岗位上干下去。恰好，有一天我在一个家政网站上，看到一个招聘家庭陪护兼保姆的广告，上边写着：招聘一名家庭陪护员兼保姆，女性，年龄在20~45岁，负责陪护一名73岁男性老人，管住、管吃，第一年每月暂定工资4500元，以后会根据陪护水平和质量不断增加，专业护士优先。

这则广告吸引住了我的目光，让我有点心动。

我觉得这个机会值得抓住。4500元工资加上吃住的花费，就是6000多元，能有这份收入，既可以更好地接济自己的男朋友完成学业，也可以给老家的爹娘一些帮助，让弟弟、妹妹安心读书。于是就在网上与招聘方作了联系。

在去与招聘方见面的路上，我还有些担心，当时主要是担心三件事：头一件，需要陪护的老人是不是生活不能自理，这一点招聘方在网上未有说明，如果是，那劳动强度将会很大，我的身体能不能顶得住？二一件，这种脱离家政服务公司的私人招聘，没人担保，雇佣方会不会拖欠工钱？三一件，我一个姑娘住在男方家里，他家的男性成员会不会骚扰欺负我？ 与招聘方见面之后，我的三个担心就都没有了。原来，这一家就只有父亲、女儿和女婿三个人。与我见面的是女儿，三十来岁的样子，名叫萧馨馨。我称她为姐。馨馨姐说，她父亲到目前为止除了血压、血脂、血糖有些高加上患有痔疮之外，还没有发现什么大病，每天的生活很规律很正常，但三高是可能出危险的，加上他今年73岁，这是一个需要特别提防的年龄，因此他需要一个全天陪护员；

她和丈夫有钱，可以负担起这笔费用；她会在每月的28日准时给我发工资；她母亲已去世三年，平时她和丈夫上班之后家里只有她父亲一人居住，中午她和丈夫不回来，需要有人为她父亲做饭。我问她家里有几间房子，她说有三室两厅，130多平米，我可以拥有自己的房间。

我觉得这条件的确不错，我可以接受。

于是便和她痛快地签了她预先准备好的雇用合同，我也是那时才知道，北京已有了制式的家庭陪护人员与雇主所签的合同样本，有钱的人家为老人请陪护员已很普遍。

见面的第二天是个星期六，我依约提着简单的行李去了萧家。进了家门一看，便知道这是一个生活水平不错也有点文化品位的家庭：洁白的墙面，木质的地板，很好看的皮面沙发和很大的电视，漆成深红颜色的家具，墙上挂着书画作品。馨馨姐领我进了一间卧室，说：你就住在这一间。我刚把行李放下，就听见一个男人穿着拖鞋的脚步声响到了门口，我还没来得及转身，便传来一句冷厉而粗哑的问话：这是要干什么？

爸，这是我给你找的一个陪护员，她叫钟笑漾，学过护理，是个大专生哩。

我立马知道这就是我日后要陪护的萧成杉先生，于是急忙回身向那个中等身个、略胖、头发染得乌黑的老人鞠了一躬说：大伯，你好！

我不老，我不需要陪护！你快让她走！

我当时有点尴尬地站在那里搓着手。看来，馨馨姐预先没有就找陪护员兼保姆的事与她的爸爸沟通，她是独自做的主。

你看看我！那萧先生伸出双臂，身子嗖一下在原处旋转了 360 度，尔后利索地停住脚问我：我老了？

他的身子的确非常灵活，模样看上去比我们村里那些 73 岁的人要年轻许多。

爸，你来！馨馨姐这时没容我说话，走过去搀起她爸的一只胳臂，将他拉进了另一个房间。父女俩在那个屋子里说了挺长时间的话，由于有门的阻隔，他们的大部分话我没有听清，听清的只有两句，一句是馨馨姐提高了声音说的：我俩都在东四环外上班，离你这样远，你万一身体出了问题，我就是开车不堵也来不及，何况我们还经常出差……另一句是萧先生提高了的声音：你们上你们的班出你们的差，我还没老，我啥都能干，有这 4500 元，还不如给我去痛痛快快喝几场酒哩……但显然馨馨姐最终说服了她爸，过了一阵，她笑意盈盈地过来悄声对我说：好了，事情搞定，他主要是不认老，总觉得自己还年轻，他忘记了民间有句俗话，七十三八十四，阎王不叫自己去，哎哎，我不该这样说，打嘴打嘴……

馨馨姐给我说了她爸的作息习惯和饮食特点，告知了她爸常吃的降压降脂降糖药，常用的痔疮药和血压计、血糖计，常穿的各类内衣和外衣的存放处，在地图上标明了附近医院、超市、农贸市场和百货商场的位置，介绍了厨房里各种食材、佐料的放置处，在电脑上让我看了她爸经常散步和打拳的公园也就是我们现在所在的这个万寿公园，给我写明了她上班的地址、固定电话和手机号码……馨馨姐还特别交代说她爸过去酷爱喝白酒，而医生根据他的身体状况已要求他完全戒酒，最多每天可喝一杯干红葡萄酒，因此绝不能给他买白酒，发现他自己买酒后要坚决没收掉，即使他生气也不要理会，等待她回来处理。馨馨姐那天最后说：笑漾，从今天起，我和你姐夫除了双休日在家，其他日子都是一大早就起床去上班了，我等于是把这个家交给你了，我希望你能不负我对你的这份信任！当然，咱们丑话说到前头，你如果不尽职或做了与你的陪护员兼保姆身份不相符的事，可别怪我不客气！我有你的身份证复印件，必要时，我会直接找到你的家里追责！我可以明确地告诉你，我的父亲是退休法官，我的先生是律师，我个人在学建筑和园林设计的同时也自修过法律，我可不希望我们的关系走到需要动用法律的那一步。我记得我当时笑笑回道：放心吧馨馨姐，我虽然学历没你高，见识没你多，但知道做人该咋做，日久你会知道我是啥人的！

当天下午，馨馨姐说她的丈夫去山西大同办一个案子，她自己有一个项目的设计需要加班，就又赶去上班了。她临走前又不好意思地对我小声交代，说她爸的痔疮比较厉害，常会出血，如果在卫生间的厕纸篓里发现带了血的手纸，记住督促她爸换内裤。我点头，觉得她这个做女儿的特有孝心，想得很细，比我都强，我大概因为有母亲，很少去关心父亲的身体。

从这天下午起，我开始尽我的职责。

## 名家点评

《天黑得很慢》是中国首部关注老龄社会的长篇小说，是另一部具有“生命伦理人道主义”性质的《活着》。由退休法官萧成彬的“活着”组构的生命变奏曲，展现了生与死、知命与抗命的反复搏斗，其变奏曲由拒老（不服老）、恐老、无奈服老到用温情接通人性关爱，善待生命而好好地活着。这部生命变奏曲非男主角一人所能为，女主角——陪护员钟笑漾用她的人性能力激活老人萧成杉的生命意识和生命力量，共同谱系了这部老年生命变奏曲。而这，也是她的生命变奏曲。

**安徽大学文学院教授　王达敏**

《天黑得很慢》写出了高贵的感情。此书别开生面，触及了人类的一个世界性主题。中国已经进入老龄社会，作者敏感地关注到一个庞大人群的涌动，他们复杂隐曲的心境，以及对文学表现的需求。作者成功塑造了一个典型的老年人形象，他不乏个性，但由不服老到抗拒衰老到受尽折磨到虚弱地认从天命，亲身体验了中国一亿多老年人都可能经历的漫漫冬季。前四章大量嵌入的科技与新闻词汇，并不来自想象的虚构，而是进程中的报道，创造了现实主义的新的美学范式。

**鲁迅文学院常务副院长，文学评论家，作家　胡平**

# 附录

## 周大新作品创作大事记年表

1979 年，《前方来信》（短篇小说），《济南日报》3 月 25 日。

1982 年，《第四等父亲》（短篇小说），《奔流》第 8 期。

1984 年，《呼啸的炮弹》（短篇小说），《解放军文艺》第 2 期。

《街路一里长》（短篇小说），《长城》第 4 期。

《“黄埔”五期》（短篇小说），《上海文学》第 5 期。

1985 年，《军界谋士》（中篇小说），《长城》第 1 期。

《瞬间过后》（中篇小说），《当代小说》第 3 期。

《人间》（中篇小说），《长城》第 6 期。

《金桔，隐在夜色里》（中篇小说），《解放军文艺》第 6 期。

《通过“冲击道路”的速度》（中篇小说），《解放军文艺》第 6 期。

《一个女军人的日记》（中篇小说），《青年文学》

第 9 期。

1986 年，《硝烟中的祝愿》（短篇小说），《解放军文艺》第 4 期。

《屠户》（短篇小说），《山东文学》第 8 期。

《汉家女》（短篇小说），《解放军文艺》第 8 期，

获 1985—1986 年度全国短篇小说奖。

1987 年，《小盆地》（短篇小说），《山东文学》第 4 期。

《小诊所》（短篇小说），《山东文学》第 4 期，

获 1987—1988 年度全国短篇小说奖。

《走廊》（中篇小说），《昆仑》第 3 期。

《铜戟》（中篇小说），《昆仑》第 3 期。

1988 年，《家族》（中篇小说），《河北文学》第 2 期。

《紫雾》（中篇小说），《人民文学》第 8 期。

1989 年，《伏牛》（中篇小说），《小说家》第 2 期。

《世事》（中篇小说），《中国作家》第 6 期。

1990 年，《铁锅》（中篇小说），《当代》第 1 期。

《香魂塘畔的香油坊》（中篇小说），《长城》第 2 期。

《哼个小曲给你听》（短篇小说），《河北文学》第 2 期。

《走出盆地——一个女人的生活和精神简历》（长篇小说），《小说家》第 2 期。

《玉器行》（短篇小说），《莽原》第 3 期。

《乡村教师》（短篇小说），《河北文学》第 9 期。

《走出盆地》（长篇小说），百花文艺出版社出版。

1991 年，《左朱雀右白虎》（中篇小说），《长城》第 1 期。

《猜测历史》（短篇小说），《清明》第 1 期。

《步出密林》（中篇小说），《十月》第 3 期。

《寨河》（中篇小说），《当代作家》第 5 期。

1992 年，《漫说“故事”》（文学评论），《文学评论》第 1 期。

《勒》（中篇小说），《天津文学》第 4 期。

1993 年，《无疾而终》（短篇小说），《山东文学》第 4 期。

《有梦不觉长》（长篇小说），《长城》第 4 期。

1994 年，《向上的台阶》（中篇小说），《十月》第 1 期。

《没有绣花的手帕》（散文），《散文》第 2 期。

《没有绣花的手帕》（散文、随笔集），黄河出版社出版。

1995 年，《世纪遗产清单》（之一）（散文），《东方艺术》第 1 期。

《为了人类日臻完美》（文艺随笔），《海燕》第 2 期。

《成都少女》（散文），《时代文学》第 4 期。

《瓦解》（中篇小说），《大家》第 4 期。

*FOR LOVE OF A SILVERSMITH*，中国文学出版社出版（香港）。

1996 年，《景象》（中篇小说），《西湖》第 1 期。

《格子网》（长篇小说），人民文学出版社出版。

《平安世界》（中篇小说），《小说家》第 3 期。

*Der Fiuch des Silbers*，中国文学出版社出版（香港）。

《周大新文集》（1~5 卷），吉林人民出版社出版。

1997 年，《我依然迷恋小说写作》（文艺随笔），《当代》第 2 期。

《消失的场景》（长篇小说），《十月》第 2 期。

《碎片》（中篇小说），《当代》第 6 期。

1998 年，《新市民》（中篇小说），《十月》第 1 期。

《走进耶路撒冷老城》（散文），《中华散文》第 2 期。

*Les marches du mandarinat*，法国 STOCK 出版社出版。

《第二十幕》（上、中、下）（长篇小说），人民文学出版社出版。

《同赴七月》（中篇小说），《中国作家》第 8 期。

1999 年，《金色的麦田》（短篇小说），《钟山》第 4 期。

《世纪遗产清单》（散文、随笔集），百花文艺出版社出版。

2000 年，《我熟悉的朱秀海》（散文），《河南日报》6 月 16 日。

2001 年，《旧世纪的疯癫》（中篇小说），《大家》第 1 期。

《登基前夜》（短篇小说），《文学世界》第 1 期。

《21 大厦》（长篇小说），昆仑出版社出版。

《卡尔维诺的启示》（文艺随笔），《国外文学》第 3 期。

2002 年，《去看战场》（散文、随笔集），解放军文艺出版社出版。

《浪进船舱》（中篇小说），《北京文学》第 9 期。

2003 年，《人生尽头的盘点》（散文），《海燕》第 1 期。

《道教文化对中国文学的影响——在“2002 年渥太华国际作家节”上的演讲》（演讲），《作家》第 1 期。

《非典时期的精神生活》（散文），《人民文学》第 7 期。

《战争传说》（长篇小说），长江文艺出版社出版。

2004 年，《关注人类的历史生活》（散文），《青年文学》第 5 期。

《南阳乡间行》（散文），《人民日报》9 月 2 日。

2005 年，《藏书的地方》（散文），《人民日报》（海外版）4 月 15 日。

《历览多少事与人》（散文、随笔集），作家出版社出版。

2006 年，《湖光山色》（长篇小说），作家出版社出版，获第七届茅盾文学奖。

《我写〈湖光山色〉》（创作谈），《当代文学研究资料与信息》第 3 期。

2007 年，《关于财富的思考》（散文），《光明日报》1 月 12 日。

《阅读的张力与惊奇》（散文），《文艺报》12 月 1 日。

2008 年，《花开有声》（散文），《解放军报》3 月 4 日。

《南阳美玉》（散文），《北京文学》第 3 期。

《〈湖光山色〉的写作背景》（创作谈），《语文教学与研究》第 7 期。

《预警》（长篇小说），十月文艺出版社出版。

2010 年，《我们会遇到什么》（散文、随笔集），江苏文艺出版社出版。

2011 年，《对乡村世界一腔深情》（散文），《光明日报》4 月 11 日。

2012 年，《关于乡村世界的几个思考》（社会评论），《江南》第 1 期。

《长在中原十八年》（散文、随笔集），中国文史出版社出版。

《安魂》（长篇小说），作家出版社出版。

2013年，《你能抗拒诱惑》（散文、随笔集），解放军文艺出版社出版。

《地上有草》（短篇小说、散文集），人民文学出版社出版。

《用文字编织美好的世界》（文艺随笔），《解放军报》1月26日。

《摸进人性之洞》（散文、随笔集），安徽文艺出版社出版。

2015年，《曲终人在》（长篇小说），人民文学出版社出版。

2016年，《周大新文集》18卷本，人民文学出版社出版。包括长篇小说8部10卷，中篇小说4卷，短篇小说2卷，散文3卷，电影剧本1卷。

2018年，《天黑得很慢》（长篇小说），人民文学出版社出版，获首届“南丁文学奖”。

2019年，《耶拿战役之后》（散文），《十月》第2期。

2021年，《洛城花落》（长篇小说），人民文学出版社出版。